LE BROYEUR

STEPHANIE JULIAN

Traduction par
ISABELLE WURTH

Il y va à fond et passe à l'acte…

Riley Hatch est un joueur de hockey de la ligue mineure qui parle vite et qui a la réputation d'être un broyeur. Il y va à fond, frappe fort et récupère le palet. Il n'est pas connu pour abandonner et, lorsqu'il rencontre une blonde cool qui appuie sur tous les bons boutons, il n'est pas prêt à accepter qu'on lui dise non.

Elle ne va pas se laisser prendre à son jeu…

L'aversion d'Aly Martin pour les athlètes professionnels s'estompe devant le dieu du hockey qui la domine du haut de ses un mètre quatre-vingt-dix. Il est tout ce qu'elle n'aime pas chez un homme… ouvertement sexy, brut de décoffrage et insistant. Et absolument irrésistible.

Riley tombe à pic, même s'il sait qu'il lui faudra une sacrée détermination pour lever les réserves d'Aly. Mais son plus vif souhait de jouer en LNH lui coûtera-t-il la femme de ses rêves ?

CHAPITRE UN

La porte du service comptable du centre médical de Reading s'ouvrit en grinçant, ce qui poussa Allison Martin à faire deux choses.

Premièrement, elle grimaça parce qu'elle était pliée en deux pour essayer de trouver le cordon qui était tombé entre deux bureaux, et que ses fesses seraient la première chose que verrait toute personne passant la porte, et deuxièmement, elle espérait vraiment que celui qui venait de passer cette porte était un collègue de travail et non pas quelqu'un à qui elle aurait à parler.

— Euh, bonjour. Tout va bien ?

Merde, merde, merde.

Pas de chance. La voix était masculine et inconnue, grave et juste assez rauque pour que son cœur batte la chamade.

Et, bien sûr, elle avait été surprise les fesses en l'air.

Elle sortit d'entre les bureaux en soupirant et en se trémoussant.

— Je suis à vous dans une seconde.

— Oui, bien sûr. Pas de problème. Prenez votre temps.

Super, vraiment super. C'était également un pervers, ce qui voulait dire qu'il allait reluquer son cul tout ce temps.

Et comme elle était la seule personne du bureau, elle devrait sourire et faire semblant d'être agréable pendant qu'il la réprimanderait pour une facture qu'il ne comprenait probablement pas.

Aujourd'hui, sourire exigerait un effort surhumain. La connexion Internet de l'hôpital avait été aléatoire toute la journée et le programme utilisé par le bureau pour facturer les patients avait connu des pépins depuis sa mise à jour la semaine précédente.

Elle venait de raccrocher d'avec les techniciens qui lui avaient dit d'essayer la vieille méthode de débranchement et de re-branchement pour relancer la connexion. Si cela ne marchait pas, elle devrait attendre son tour parce qu'apparemment tous les autres services de l'hôpital avaient eu le même problème aujourd'hui. Elle s'était donc probablement embarrassée pour rien.

En retenant son souffle, Aly se dégagea finalement et se leva, repoussant les cheveux qui avaient échappé à sa tresse parfaite.

Puis elle se força à sourire en espérant qu'elle ne ressemblait pas à un chien enragé.

— Bonjour, je peux vous... aider ?

Bon sang de bonsoir.

L'homme qui avait les coudes appuyés sur le comptoir lui avait bien reluqué les fesses.

Et franchement, elle n'était pas sûre que ça la dérange tant que ça.

Des spécimens comme celui-ci ne passaient généralement pas sa porte, et détaillaient encore moins son corps. Non, elle ne voyait généralement que des mecs de ce genre dans les vidéos pour le plaisir des yeux et les fantasmes.

Il devait faire au moins un mètre quatre-vingt-dix et peser probablement plus de cent kilos. Tout en muscle. Des muscles épais et bombés qui tiraient sur les coutures de son t-shirt gris délavé.

Elle se sentait petite devant lui, ce qui était un petit miracle, car elle ne l'était pas. Elle faisait un mètre soixante-quinze avec quelques kilos de plus qu'elle ne l'aurait souhaité. En talons, elle pouvait regarder dans les yeux la plupart des hommes qu'elle connaissait.

Mais pas celui-ci.

Elle dut redresser la tête pour rencontrer son regard après l'avoir détaillé de bas en haut. Et quand elle arriva en haut...

Putain de merde.

Elle se força à se mordre la lèvre inférieure pour s'assurer que sa bouche ne reste pas ouverte.

C'était probablement le mec le plus canon qu'elle ait jamais vu dans la vraie vie. Sérieusement, il devait être mannequin pour des sous-vêtements.

Elle avait envie de prendre le dossier le plus proche et de s'éventer. Elle ne se souvenait pas avoir rencontré un mec qui lui avait donné chaud des orteils au cuir chevelu. Et partout entre les deux.

Il avait des traits bruts qui lui rappelaient un peu un jeune Brad Pitt mais encore plus beau. Bon sang, elle n'aurait jamais cru cela possible.

Ses cheveux bruns étaient ondulés et ses yeux d'un marron vert foncé lui donnaient envie de se pencher sur le comptoir et de s'approcher vraiment pour mieux les voir. Genre de près comme, lui, couché sur le dos et elle penchée au-dessus. Avec leurs nez qui se touchent presque et leurs lèvres séparées de quelques centimètres à peine...

— Heu, oui, j'espère que vous pouvez.

Pouvez quoi ? lui traversa l'esprit, mais heureusement, elle ne put faire fonctionner sa bouche tout de suite. Ah oui, elle était au travail.

Lorsqu'il prit quelque chose dans sa poche arrière, tous les muscles de ses bras bougèrent et se contractèrent, ce qui lui donna l'impression de regarder un film porno. Ce qu'elle ne faisait jamais.

« J'ai reçu cette facture... »

Il lui sourit en dépliant un morceau de papier et en le posant sur le comptoir.

Et merde, elle faillit avaler sa langue.

Tout doux, ma fille. Il veut que tu regardes cette facture, pas que tu le lèches de la tête aux pieds.

« Je ne sais pas pourquoi je l'ai reçue. Elle aurait dû être adressée à mon ancienne équipe. »

En déglutissant fort, elle sourit et tendit la main vers le comptoir pour prendre le papier. Quittant le gars des yeux, elle se concentra plutôt sur la facture. Après avoir regardé ses mains. L'homme avait des mains énormes, avec de longs doigts couverts de cicatrices.

— Bien sûr, Monsieur... elle regarda le nom, "Hatch". Laissez-moi voir ça.

— C'est Riley. Et merci, mademoiselle... ?

— Martin. Aly Martin.

Elle leva les yeux à ce moment-là et le vit en train de lui sourire. Pas un sourire complet, mais un de ces demi-sourires que les mecs faisaient si bien.

— Ravi de vous rencontrer, Mlle Martin.

Elle cligna des yeux et retint son souffle.

— Ravie de vous rencontrer aussi. Je vais, euh, juste jeter un coup d'œil à votre facture.

Il appuya ses avant-bras sur le comptoir, se rapprochant encore plus.

— Je l'ai reçue il y a une semaine environ, mais on s'est

entraînés tous les jours et je n'ai pas pu venir avant. Je me suis dit que c'était mieux que je vienne plutôt que d'essayer de m'expliquer au téléphone.

Et elle était tellement contente qu'il l'ait fait !

— Entraînés ?

Son sourire s'élargit et son cœur explosa pratiquement.

— Je joue pour les Redtails.

— Les Redtails ?

Elle fit la grimace en répétant ses mots comme un perroquet pour la deuxième fois, tout en réalisant qu'il devait être un joueur de hockey des Redtails de Reading.

« Désolée, c'est une question idiote. Elle secoua la tête et reporta son attention sur la facture devant elle. Laissez-moi jeter un œil là-dessus. »

Cette facture était ordinaire et rien ne semblait clocher. La seule chose qui n'avait pas de sens c'est qu'elle venait de cet hôpital pour des soins provenant d'un hôpital du même réseau, mais dans un autre État.

« On vous a soigné pour une épaule en juillet dernier ? »

Elle leva les yeux et vit qu'il la regardait, un léger sourire aux lèvres, le genre de sourire qui invitait à sourire en retour. Ce qu'elle fit.

— Ouais. Je me suis cogné dans les panneaux. Il toucha son épaule gauche et la frotta avec une de ces grandes mains qu'il avait. Elle ne put s'empêcher de suivre le mouvement avant de cligner des yeux et de reprendre ses esprits.

— Ça fait toujours mal ?

Elle voulut se reprendre à la seconde où les mots sortirent de sa bouche et réussit à peine à ne pas rouler des yeux devant ses propres paroles.

Bon sang, elle n'était pas sa petite sœur, Vivi, qui n'avait jamais rencontré un mec avec qui elle ne voulait pas coucher. Même si personne ne lui reprocherait de vouloir voir cet homme se déshabiller parce que, bon sang, il était drôlement sexy.

Son sourire s'élargit quand il secoua la tête.

— Plus maintenant, non. Je la frotte juste par habitude. Alors, qu'est-ce que vous en pensez ?

— Que vous devriez peut-être trouver un autre travail ? Celui-ci semble dangereux pour votre santé.

Il éclata de rire et, Seigneur Jésus, si elle l'avait trouvé sexy avant, maintenant il était à tomber. Sa bouche seule lui donnait envie de le saisir et de l'embrasser.

Et comme c'était hors de question, elle ne put que lui sourire quand il s'arrêta de rire.

— Oui, c'est un peu ça, mais c'est quand même amusant et j'aime jouer, donc je vais le faire jusqu'à ce que je ne puisse plus physiquement.

Il en avait l'air tout à fait capable pour l'instant.

Son regard descendit jusqu'à ses larges épaules puis jusqu'à sa poitrine musclée. Elle n'avait jamais été aussi proche d'un joueur de hockey auparavant. Le seul autre athlète professionnel dont elle avait été aussi proche était l'ex de Vivi, un joueur de football. Et c'était un connard arrogant qu'elle avait détesté tout de suite.

Ce mec avait l'air tout aussi arrogant. Elle réservait son jugement sur la partie "connard".

Ce qui n'a pas d'importance, car tu ne le reverras jamais.

Elle n'allait pas aux matchs de hockey, elle ne pensait pas qu'elle aimerait ça. D'après ce qu'elle avait vu à la télé quand son père regardait, le sport était brutal et bruyant. Deux choses qu'Aly essayait d'éviter autant que possible dans sa vie.

Elle sortait généralement avec des gars sympas, des intellos qui passaient des heures devant un ordinateur tous les jours et considéraient le Hacky Sack[1] comme un sport. Ceux qui prenaient leur pied le jour de la sortie du nouveau film Marvel.

Des gars sympas et normaux, qui la laissaient complètement froide.

Elle se força à porter à nouveau le regard sur le papier.

Heureusement, il n'y avait personne d'autre pour la voir se ridiculiser. Les cinq autres femmes qui travaillaient dans ce bureau ne l'auraient jamais laissée en paix après ça.

— Alors, quel est le problème avec votre facture ?

— Eh bien, elle aurait dû être payée par mon ancienne équipe. La blessure est survenue pendant un match, donc je pense qu'elle aurait dû être couverte par leur assurance. Je ne sais pas pourquoi ça ne serait pas le cas.

— Quelle équipe ?

— L'équipe ECHL des Colonials à Lancaster.

— Depuis combien de temps jouez-vous au hockey ?

OK, techniquement, ça n'avait rien à voir avec sa facture, mais, pardonnez-la, la curiosité l'emportait.

Appuyant ses coudes sur le comptoir, il pencha la tête sur le côté.

— Aussi loin que je me souvienne. Avez-vous déjà été à un match ?

Elle secoua la tête.

— Non.

Il souleva les sourcils.

— Vous aimeriez ? Je pourrais vous avoir des billets. On a un match demain soir.

Oui et *Non* surgirent sur sa langue en même temps.

Oui, parce que *bonjour le beau gosse !* Non, parce que, eh bien, elle n'acceptait pas des propositions pour des billets de hockey de la part d'inconnus. Du moins, elle ne l'avait jamais fait auparavant.

Elle cligna des yeux, en essayant de remettre son cerveau en marche.

— Je ne pense pas être disponible.

Ce qui était des conneries. Elle n'avait pas de rendez-vous. Elle et son dernier petit ami s'étaient séparés six mois auparavant. Il voulait la voir plusieurs fois par semaine et la sauter dès qu'il pouvait. Elle était parfaitement satisfaite de l'arrangement.

Ce n'était pas comme si elle avait prévu d'épouser Paul.

Et ça ne faisait pas de toi une conasse froide comme la mort? Probablement.

Elle pensait quand même qu'ils avaient été heureux. Pas amoureux, mais il y avait eu quelques étincelles. Plutôt une ou deux braises chaudes. Mais, en fait, toute cette histoire de chimie amoureuse n'était-elle pas un gros mensonge pour expliquer les trucs stupides que tu voulais faire parce que tu étais en manque ?

Elle n'était pas une romantique désespérée qui attendait le coup de foudre. Cet éclair venu de nulle part qui était censé vous frapper quand vous aviez rencontré l'homme que vous étiez censée épouser.

— Vous avez un rendez-vous ? demanda Riley.

Est-ce qu'il la taquinait ou cherchait-il vraiment à savoir ? Et en fait ne se faisait-elle pas des illusions ?

Elle n'était pas un monstre, mais des gars comme lui n'invitaient pas des filles comme elle, avec ses lunettes de lecture autour du cou, sa jupe sage dix centimètres sous le genou et son chemisier boutonné jusqu'au cou.

Elle résista à l'envie de se regarder pour voir si elle l'avait justement bien boutonné ce matin.

En outre, les athlètes professionnels avaient mauvaise réputation. Ce n'était pas comme si elle était sortie avec l'un d'entre eux, mais sa sœur était sortie avec un joueur de la LNF qu'elle avait rencontré lors d'une fête pendant un camp d'entraînement de la fac. Et c'était un gros con.

— Non, mais je...

— Alors je vous laisserai deux billets à l'entrée. Son sourire s'élargit. Amenez un ami.

— Je ne suis pas sûr de pouvoir. J'ai...

— Allez, vous allez passer un bon moment. On joue contre la deuxième meilleure équipe de la ligue. Ce sera un bon match.

Il sourit et... oh waouh. Ce sourire devrait être illégal. Ça lui faisait serrer les cuisses... et d'autres endroits...

Et elle ne put s'empêcher de demander :

— Alors, quelle est la meilleure équipe de la ligue ?

— C'est nous. Son sourire s'élargit encore plus et elle sentait ses entrailles se crisper et s'échauffer. Notre équipe a gagné la Calder Cup l'année dernière et on compte le faire encore cette année.

Elle hocha la tête comme si elle savait ce que signifiait gagner la Calder Cup.

Puis elle résista à l'envie de lui faire un clin d'œil et de caresser son torse.

« Alors, Mlle Martin, vous voulez venir au match demain soir ? »

Riley regarda la jeune femme en face de lui réfléchir longtemps à la réponse qu'elle allait faire.

Et il dut admettre que sa fierté en prenait un coup.

D'habitude, les femmes sautaient sur l'occasion d'accepter ce qu'il leur offrait. Billets, dîner, sexe...

Mais la plupart de ces femmes savaient qui il était et ce qu'il faisait. La plupart d'entre elles lui courraient après et, même si elles ne le faisaient pas, il n'avait pas à les forcer.

Cette fille n'avait rien à voir avec les autres qui faisaient des efforts pour attirer son attention, sauf qu'elle était sexy. Du haut de sa tête blonde jusqu'à la pointe de ses orteils en passant par ses petits talons et tout ce qui se trouvait entre les deux, cette fille appuyait sur tous les bons boutons.

Mais elle ne semblait pas s'intéresser à lui.

Eh bien, bon sang, n'était-ce pas normal avec cette putain de trajectoire qu'avait prise cette année ?

Il n'avait pas vraiment envie de faire ça aujourd'hui, il ne voulait pas avoir à se battre contre les conneries de factures médicales et se rappeler la blessure qui avait presque foutu sa carrière en l'air la saison précédente.

Il s'était imaginé qu'il allait devoir affronter une vieille chouette qui l'interrogerait pendant cinq minutes, le ferait passer pour un criminel pour avoir osé remettre en question la facture du puissant hôpital et lui ferait remplir une tonne de formulaires.

Mais quand il était entré dans le bureau et qu'il avait vu ce beau petit cul en jupe noire moulante qui se tenait en l'air, il avait été excité, et c'était compréhensible.

Puis elle s'était levée et tous les fantasmes de la bibliothécaire coquine qu'il n'avait jamais eus lui avaient traversé l'esprit.

Sa bouche était devenue sèche.

— Hum, dit-elle finalement, je ne suis pas sûre de pouvoir venir demain soir.

Au moins, ce n'était pas un non catégorique. Il pourrait arranger ça.

Atténuant son sourire de quelques watts, il appuya ses bras sur le comptoir.

— Eh bien, que diriez-vous de ça ? Je laisse les billets à l'accueil, et si vous pouvez venir, vous pourrez les prendre là-bas. Ensuite, on pourra peut-être aller boire un verre.

Les yeux bleu pâle d'Aly s'élargirent et elle ne répondit pas tout de suite. Merde, peut-être qu'il aurait dû attendre pour l'inviter à boire un verre. Mais il n'était pas connu pour la fermer, sur la glace comme ailleurs.

« On est souvent nombreux à sortir après le match. »

— Alors... c'est un truc de groupe ?

C'était comme elle voulait.

— Ouais, en groupe.

Elle se mordit la lèvre inférieure et il dut retenir un gémissement.

— Je détesterais vraiment dire oui et ne pas venir. Les billets seront gaspillés. Je devrais vraiment...

— Les billets ne seront pas gaspillés, lui assura-t-il, sachant qu'elle était sur le point de refuser. Nous ne vendons jamais tout. Je vais en laisser deux. Amenez un ami.

Maintenant, sa langue sortait pour lécher ses lèvres, et il dut faire tout son possible pour ne pas tendre la main et laisser son doigt courir sur cette lèvre inférieure dodue.

— Eh bien, ma sœur aime le sport...

Il y en avait d'autres comme elle là d'où elle venait ? Quelqu'un dans l'équipe allait lui devoir beaucoup.

— Amenez-la. Plus on est, plus on rit. Puis son sourire s'atténua encore. Ne dites pas non. Je laisserai les billets au guichet et je donnerai votre nom pour que vous et votre sœur puissiez me retrouver en bas après le match. Je vous donnerai mon numéro et vous pourrez m'envoyer un texto pour me dire où vous êtes.

Cela prit une seconde, mais finalement elle sourit.

— OK. Je vais voir si ma sœur peut venir.

Leurs regards se croisèrent quelques secondes de plus et, pour la première fois de sa vie, Riley se retrouva sans une seule chose à dire.

Si Aly n'avait pas regardé la facture qu'elle tenait encore dans ses mains, il ne savait pas combien de temps ils seraient restés là, à se regarder dans les yeux. Et cela ne l'aurait pas dérangée.

Puis elle soupira.

« Et je déteste dire ça, mais je pense que je vais devoir vous rappeler pour votre facture. Notre système informatique est détraqué et je ne peux pas me connecter pour le moment. »

— Pas de problème.

Cela voulait juste dire qu'il aurait une excuse pour lui reparler s'il ne la voyait pas le lendemain soir. Il attrapa un bout de papier et un stylo sur le comptoir, il écrivit son nom et son numéro et le glissa vers elle.

Elle le prit, le bout de leurs doigts s'effleurant pendant que le papier changeait de mains.

Il resta là, à lui sourire comme un idiot, leurs doigts se touchant à peine et elle eut l'air un peu choquée quand la porte s'ouvrit.

— Mec, t'es prêt, oui ? J'ai besoin de... oh, bonjour.

Contrôlant l'envie de lever les yeux au ciel, Riley secoua la tête et se retourna pour voir Jake sourire à Aly.

Le joueur tchèque avait la réputation d'être un chaud lapin, et avec son allure, il était facile de comprendre pourquoi. Grand, blond et bien taillé, le mec n'avait qu'à sourire et les femmes lui jetaient leurs culottes.

Apparemment, Aly n'était pas à l'abri. Ses yeux s'écarquillaient en fixant le meilleur défenseur des Redtails.

Ce qui donna envie à Riley de foutre une rouste à Jake si le gamin ne faisait qu'insinuer qu'il allait lui faire des avances. D'accord, Jake n'était pas exactement un gamin à 23 ans, mais Riley en avait 29 et faisait quelques kilos de plus qu'il utiliserait pour botter le cul de Jake s'il ne cessait pas de sourire.

Heureusement pour Jake, Aly le regarda à peine et dit "Bonjour" avant de fixer Riley à nouveau.

Prends ça dans les dents gamin.

— J'ai encore besoin de quelques secondes.

Glissant un regard par-dessus son épaule, Riley vit la bouche de Jake se tordre en un sourire de petit con. Oh, très bien, il ferait payer le gamin pour ça, à l'entraînement le lendemain.

— Oui, je vois ça. Bien. Je serai dans le hall. Viens me chercher quand tu seras prêt. Avec un peu de chance, dans l'heure qui suit.

S'il avait eu le choix, Riley aurait passé au moins une heure de plus à parler à cette femme, mais elle travaillait évidemment et ne pouvait pas partir en milieu de journée.

Bon sang, il ne pouvait pas attendre jusqu'au lendemain soir.

— Je suppose que vous devez partir, dit-elle, bien qu'elle ait l'air un peu déprimée à l'idée.

— Malheureusement, oui. J'organise le dîner de l'équipe ce soir. Vingt-deux joueurs de hockey dans un espace clos. C'est toujours bon pour rire un peu.

Ses lèvres se soulevèrent en un sourire délicieux qui le fit presque haleter.

— Je ne sais pas. Ça pourrait être le décor d'une sitcom.

— Pas une qui pourrait passer à la télé.

La porte du bureau s'ouvrit à nouveau et ils se tournèrent tous les deux pour regarder. Cette fois, un petit gars avec une chemise froissée, un pantalon noir et une masse de cheveux noirs indisciplinés se précipita dans la pièce.

— Salut, Aly. Je vais juste vérifier ton ordi...

— Attends ! Je n'ai pas... Elle soupira. Je suis désolée. Je dois vraiment vous laisser.

— Pas de problème. À demain.

Quand elle sourit, ça lui donna l'espoir qu'ils se verraient vraiment.

— Je vais essayer. J'ai juste...

— Hé, Aly, le gars devant son ordi l'appela. Tu peux fermer tous tes programmes ?

Avec une petite grimace, elle se retourna et se dirigea vers le bureau du fond. Lui offrant une autre vue sur son super cul, qu'il regarda jusqu'à ce qu'il ne puisse plus la voir.

Puis il se retourna et sortit du bureau en souriant d'une façon qui mettrait Jake en colère, il en était sûr.

Et puis merde. Il s'en foutait.

Évidemment, Jake s'approcha, toujours avec ce sourire de merde.

— Mec, tu ressembles à un chat qui a mangé un oiseau. Je ne crois pas t'avoir jamais vu comme ça. Tu sais, comme si tu étais heureux. Tu lui as demandé de sortir avec toi, oui ? Je suppose qu'elle a dit oui, sinon tu ne sourirais pas. Tant mieux pour toi. Je m'inquiétais de tes compétences avec les femmes. Je pensais que tu étais peut-être encore puceau.

Riley donna un coup de coude dans les côtes de Jake, le faisant tressaillir.

— Hé, gamin. On est en public. Baisse d'un ton.

Mais, bien sûr, Jake ne pouvait pas se retenir. Ou alors il s'en fichait. Riley n'avait jamais rencontré quelqu'un avec moins de tact que Jake.

— ça veut dire quoi baisser d'un ton ? Puisque tu n'es pas puceau, tu ne devrais pas avoir honte. Tu l'as invitée à sortir, non ?

Riley secoua la tête, sachant qu'il n'allait pas pouvoir s'en sortir comme ça. La persévérance de ces types était légendaire sur et hors de la glace. Mais Riley n'était pas arrivé là où il en était uniquement grâce à ses compétences. Il avait fait des études de management sportif à l'université et n'était pas loin d'être le meilleur de sa classe. S'il n'avait pas été aussi déterminé à jouer au hockey en professionnel, il serait probablement devenu agent, ce qu'il pourrait encore faire un jour. Il était bon pour parler.

— Oui. Elle sera au match demain soir.

Jake lui donna une tape dans le dos.

— Et ça fait plaisir à entendre. Peut-être que tu t'envoies en l'air après. Ce serait bien pour toi.

Riley ne put contenir son rire. Il résonna dans tout le parking quand ils atteignirent sa voiture.

— ça t'arrive de te taire, mec ?

Jake haussa juste les épaules.

— Tu parles sur la glace. Je parle en dehors de la glace. On fait une bonne équipe, oui ?

Riley dut acquiescer.

— Ouais, on fait une bonne équipe.

— Bien. C'est réglé. Maintenant, qu'est-ce que tu vas faire pour le dîner ? Lad ne peut pas manger de produits laitiers et Tyler ne peut rien manger de vert...

Alors que Jake continuait à babiller, Riley hocha la tête de temps en temps, mais son cerveau s'était accroché à quelque chose que Jake avait dit et ne voulait pas lâcher.

Cela faisait un moment qu'il n'avait pas baisé. Genre, depuis avant le début de la saison.

Putain, comment c'était arrivé ?

Pendant les sept dernières années de sa carrière professionnelle, il avait joué serré, sur la glace et en dehors. Il avait connu dix fois plus de femmes qu'il n'avait connu d'équipes. Il ne s'en vantait pas et il essayait de ne pas être un connard à ce sujet, mais c'était un fait.

Mais depuis cinq mois, c'était un vrai moine.

Il avait toujours été dévoué au jeu, il était toujours venu pour gagner. Mais cette année... enfin, cette année, il avait vingt-neuf ans.

C'était l'un des plus vieux de l'équipe. Il avait encore six ans de moins que Cary Lenville, qui jouait probablement sa dernière saison, car il était préparé à devenir l'assistant de l'entraîneur des Redtails, mais beaucoup des gars qu'il avait rencontrés étaient soit passés en LNH, soit partis à la retraite.

Retraité. Le mot seul suffisait à faire frémir Riley. Il n'était pas prêt à prendre sa retraite.

C'est pourquoi il avait travaillé si dur cette saison. C'était son année pour y arriver. Il ne pouvait se permettre aucune distraction.

Et pourtant... il n'avait pas pu résister à la blonde derrière le comptoir.

Jake lui donna un coup de poing sur l'épaule assez fort pour le faire tressaillir. Heureusement, ils étaient arrêtés à un feu rouge.

Il lui jeta un regard mauvais.

— C'est quoi ce bordel ?

— Tu n'as pas écouté un seul mot de ce que j'ai dit pendant tout ce temps, n'est-ce pas ?

— Comment j'aurais pu? Tu n'as pas fermé ta gueule depuis qu'on a quitté l'hôpital.

En roulant les yeux, Jake soupira.

— Je suppose que tu peux être pardonné vu la fille sexy que tu as pécho.

— Ce n'est pas à ça que je pensais.

Jake sourit.

— Alors à quoi tu penses ? Tu n'as pas l'air heureux, quoi qu'il en soit. Qu'est-ce qui ne va pas ? Dis-le-moi. Je sais écouter.

Puis le gars devint totalement silencieux. Un petit miracle. Personne dans l'équipe ne voudrait le croire.

— Il n'y a pas de problème. Je pense juste à la saison.

— Ça devrait être une bonne saison. Tu es un bon ajout à l'équipe depuis qu'on a perdu notre dernier broyeur.

Riley secoua la tête, en souriant.

— Heureux d'être utile.

— Et nous sommes heureux de t'avoir. Toi et CJ faites une bonne équipe.

— Ouais, eh bien, je ne suis pas en première ligne.

Ce qui lui faisait comme une écharde dans le talon. Merde, il voulait être sur la première ligne, mais le coach l'avait mis sur la seconde. Bien sûr, ça le faisait bosser encore plus dur, ce à quoi le coach s'attendait.

— La rumeur dit que Knapper ne sera pas là longtemps. Duchene a des problèmes.

Dickie Duchene était l'ailier droit de troisième ligne des Colonials de Philadelphie, connu pour jouer aussi dur qu'il faisait la fête. Le problème, c'est que parfois il ne savait pas où se trouvait la limite et il la franchissait plus qu'il ne le devait.

— Oui, j'ai entendu la même chose.

Bien sûr, il pensa brièvement que c'était peut-être lui qui serait appelé. C'était totalement irréaliste, car il n'était dans l'équipe que depuis le début de la saison et Sam Knapp était un espoir des Colonials depuis sa sélection quatre ans auparavant.

— Mais c'est une opportunité pour toi, oui ? Tu auras la place de Knapper en première ligne.

Riley secoua juste la tête.

— La vie ne marche pas toujours comme on le voudrait.

Jake haussa les épaules, l'arrogance de la jeunesse inscrite sur son visage.

— Alors tu dois juste faire en sorte que ça marche pour toi. Qu'est-ce que ça veut dire ? Quand une porte se ferme, tu passes par la fenêtre. Parfois, il suffit de faire sa propre fenêtre en abattant le mur.

Quand Jake le regarda en souriant Riley rit jusqu'à l'épicerie.

CHAPITRE DEUX

— Alors... j'ai deux billets pour le match de hockey vendredi soir. Tu veux venir avec moi ?

Vivi, sa sœur, leva les yeux de sa table à dessin, visiblement choquée.

— Tu viens de dire hockey ? Genre hockey sur glace ? Genre, tu vas aller à un match des Redtails ? Avec de vrais fans de hockey tout autour de toi qui crient et s'amusent et qui peuvent même te renverser leur bière dessus ?

Aly roula les yeux, ne voulant pas admettre que Vivi avait une bonne raison d'être choquée.

— Oui, absolument. Et j'ai pensé que tu pourrais venir avec moi puisque tu ne travailles pas demain soir.

Assise dans son fauteuil de dessinateur, Vivi plissa les yeux et lui fit un petit clin d'œil, en faisant passer ses cheveux longs couleur arc-en-ciel sur son épaule. Tu ressembles à ma sœur, mais tu parles une autre langue. Qui es-tu et qu'as-tu fait d'elle ?

Aly fit un doigt d'honneur à Vivi, et la fit tourner sur son siège pour l'éloigner de son bureau, où elle avait dessiné quelque chose qui ressemblait à un fan art[1] érotique de...

« Est-ce que c'est *Docteur Who et Lanto* ? Pourquoi le Docteur embrasse-t-il Lanto ? »

Vivi haussa les épaules.

— Pourquoi ils ne s'embrasseraient pas ? Je regarderais au moins deux épisodes où ils s'embrassent, pas toi ? Et tu ne t'en tireras pas aussi facilement avec cette conversation. Pourquoi as-tu des billets pour un match de hockey demain soir ? Tu détestes le hockey.

Aly plissa le nez.

— Je n'ai jamais dit que je détestais le hockey.

Les magnifiques yeux aigue-marine de Vivi s'élargirent encore plus.

— Je me souviens distinctement d'une conversation où tu as dit que le hockey était un sport pratiqué par des fermiers illettrés.

Aly secoua la tête en grimaçant.

— Jamais.

Vivi hocha la tête alors qu'elle se retournait vers son dessin et reprenait son crayon.

— Si, tu l'as dit. Je pense que tu sortais avec cet aspirant avocat à l'époque. C'était un vrai connard, au fait.

C'était tout à fait vrai. C'était un connard.

— Bon, et après ? Je suis une fille. Aly tira les couvertures sur le lit défait de Vivi, puis s'assit sur le bord. Je peux changer d'avis. Viens au match avec moi vendredi soir.

— Pourquoi ce soudain intérêt pour le hockey ?

Aly ne répondit pas à la question tout de suite. Elle se laissa plutôt aller à regarder tout autour de la chambre de sa sœur.

La maison qu'elles partageaient appartenait techniquement à leurs parents, mais Aly et Vivi payaient maintenant le deuxième prêt que ses parents avaient contracté pour pouvoir acheter une maison en Floride, où ils vivaient désormais à plein temps. Laissant à Vivi et Aly une très belle maison de campagne dans un bon quartier non loin de l'hôpital où Aly travaillait. Le salaire décent d'Aly et le salaire fluctuant de Vivi en tant que graphiste indépendante, tatoueuse et serveuse à temps partiel leur permettaient de payer sans problème le prêt et toutes les factures.

Et le fait que leurs parents vivent à des milliers de kilomètres de là, en Floride, rendait la situation encore plus douce.

« Aly ? Qu'est-ce qui se passe ? »

Vivi avait de nouveau abandonné son dessin et la regardait maintenant d'un air inquisiteur.

— Il ne se passe rien.

Vivi ricana.

— Oui, c'est ça...

Aly regarda finalement sa sœur.

— Bon OK... j'ai rencontré un mec aujourd'hui.

Un sourire entendu traversa le visage de Vivi.

— Aaah. C'est là que tu as eu les billets. Laisse-moi deviner. Il travaille pour l'équipe. Il est leur... quoi ? Leur comptable ? Leur avocat ? Leur gars du marketing ?

Aly était impatiente d'ôter ce sourire taquin des lèvres de sa sœur.

— Ailier droit de seconde ligne.

L'expression stupéfaite de sa sœur la fit sourire.

— Oh putain, t'es sérieuse là ?

Elle haussa les épaules, comme si des joueurs de hockey l'invitaient tout le temps à sortir avec eux.

— Il est venu au bureau aujourd'hui pour un problème avec une facture.

— Eh ben merde ! Se levant de sa chaise, Vivi prit son ordinateur portable sur son bureau et sauta sur le lit à côté d'Aly.

Comme deux adolescentes, elles s'allongèrent à plat ventre sur le lit avec l'ordinateur portable entre elles pour chercher

Riley sur Google et Vivi cliqua sur le premier lien d'un site appelé hockeydb.com.

Vivi siffla dès que la photo apparut.

— La vache, il est sexy.

Aly sourit en voyant sa sœur garder la bouche ouverte.

— Et il est encore plus sexy en vrai.

Ce qui était totalement vrai. Grand. Brun. Beau. Un sourire taquin et des yeux verts qui lui donnaient envie de l'embrasser... ce qui n'avait aucun sens.

Elle avait hésité toute la journée à accepter les billets en essayant de se dire qu'elle ne devait vraiment pas le faire.

Elle ne plaisantait pas quand elle lui avait dit qu'elle n'était jamais allée à un match. Et Vivi avait tous les droits d'être choquée par son désir d'y aller. Ce n'était absolument pas quelque chose qu'elle avait imaginé faire. Et surtout pas en tant qu'invitée d'un des joueurs, qui voulait l'emmener boire un verre après le match.

Elle aurait dû lui dire non et s'en tenir à ça. Mais il y avait quelque chose en lui...

Elle avait déjà consulté sa page sur le site Redtails au travail cet après-midi, mais là elle relisait encore sa fiche.

Riley Hatch. Un mètre quatre-vingt-douze. Vingt-neuf ans depuis un mois. Il avait joué dans cinq ligues différentes, dont l'université de Boston. Elle ne s'y attendait pas, ce qui lui fit froncer le nez devant sa propre arrogance.

— C'est vraiment le mec qui t'a donné des billets pour le match ? Que voulait-il ?

— Qu'est-ce que tu veux dire ?

Vivi roula des yeux.

— Je veux dire, qu'est-ce qu'il attend de toi ?

— Il veut qu'on sorte avec l'équipe pour aller boire un verre après le match.

Vivi ouvrit plus grand les yeux.

— Non, c'est pas vrai, tu déconnes ?

Très bien, maintenant Vivi commençait à l'énerver. Elle adorait sa petite sœur, mais parfois...

— Héé ! Aly frappa Vivi sur le bras. Et pourquoi il ne me le demanderait pas ?

Vivi cogna son épaule contre celle d'Aly.

— Tu sais que ce n'est pas ce que je voulais dire. Je veux juste dire que les athlètes n'ont jamais été ton truc. Je n'arrive pas à croire que tu aies dit oui.

— Je n'ai pas *exactement* dit oui. Pas encore. Je lui ai dit que j'avais peut-être des projets.

Aly ricana.

— Ce que, bien sûr, tu n'as pas.

Sa sœur la connaissait trop bien.

— Je sais, mais... je ne suis pas sûre de ce qu'il veut.

Les sourcils de Vivi se levèrent.

— Il veut ce qu'ils veulent tous. La question est : qu'est-ce que *toi* tu veux ? Si tu veux sortir avec le gars, alors fais-le. Ce n'est pas comme si tu devais coucher avec lui. Je ne pense pas qu'il s'attende à un coup pour une paire de billets.

— Je sais. Il a l'air vraiment sympa. Et quand il sourit... Sans mentir, je te jure que mon cœur a failli exploser.

Vivi leva la main comme pour témoigner.

— Je n'en doute pas. Ce mec est carrément baisable. Tu devrais lui sauter dessus, ce que je sais que tu ne feras pas, mais quand même.

Elle était vraiment si puritaine que ça ? Non, elle ne couchait pas à droite à gauche. Elle ne l'avait jamais fait. Il fallait qu'elle connaisse un peu le mec avant de tomber dans son lit. Sinon, ça ne servait à rien.

Oui, elle avait ressenti une attirance immédiate avec Riley, mais cela ne voulait pas dire qu'elle devait sauter dans son lit tout de suite.

Mais Riley avait probablement sauté dans le lit de chaque fille qu'il invitait à boire un verre, et quand elle lui dirait non, elle ne le verrait plus jamais.

— Je ne vais pas lui sauter dessus demain soir.

Vivi leva les yeux au ciel.

— Évidemment. Mais ne t'attends pas à avoir de ses nouvelles si tu ne sors pas avec, tu sais ?

Aly entendit l'amertume dans la voix de sa sœur et eut envie d'aller complètement à l'encontre de sa nature et de tabasser l'ex-petit ami de Vivi qui lui avait brisé le cœur et l'esprit. Jamie Dunbar avait peut-être conclu un marché de plusieurs millions avec la LNF, mais ce connard avait fait pleurer Vivi pendant des semaines, et si Aly le revoyait, elle lui mettrait une raclée.

Oui, chaque fille avait une histoire de mec qui lui avait brisé le cœur en mille morceaux. Enfin, toutes les filles sauf Aly. Elle n'était jamais tombée aussi bas pour un mec. Et oui, elle s'inquiétait secrètement que peut-être il y avait quelque chose qui n'allait pas chez elle.

Mais elle n'avait jamais voulu être comme Vivi, amère et brisée à cause d'un mec... Ou comme sa mère, coincée avec un homme qu'elle ne pouvait plus supporter, mais qu'elle ne voulait pas quitter.

— Alors, tu viens avec moi vendredi soir ou pas ?

Sa sœur leva les yeux au ciel.

— Bien sûr. Il faut que je voie ce mec en vrai. En plus, tu n'iras pas si je n'y vais pas, et tu dois sortir et t'amuser. Tu commences à me rappeler un peu maman et ça fait peur.

Les sourcils d'Aly se rejoignirent.

— Qu'est-ce que tu veux dire ?

Vivi roula sur le côté et mit sa main sous sa tête. Aly imita sa position.

— Tu sais bien. Tu ne t'amuses jamais et tu es toujours inquiète pour quelque chose.

— Je ne suis pas toujours inquiète.

Vivi souleva les sourcils.

— Je remarque que tu n'as pas dit que tu t'amusais…

Aly roula des yeux.

— J'ai eu un boulot fou ces derniers temps et je n'ai pas eu beaucoup de temps.

— Des excuses, des excuses. Vivi agita la main devant elle. Tout comme maman. Elle a toujours une explication pour expliquer pourquoi elle ne fait rien, et tu commences à agir comme ça aussi.

Aly ouvrit la bouche pour le nier… puis la referma parce qu'elle ne pouvait pas.

— ça, c'est un coup bas.

— Non, c'est vrai. Et tu le sais. Mais tu as un rencard. Avec un vrai canon. Le sourire de Vivi s'élargit. Peut-être que tu vas savoir s'il est bon au lit ?

— C'est juste un rencard. Ne t'avance pas trop.

— Donc tu n'as jamais couché à un premier rendez-vous ?

— Pas depuis la fac. Plus vieille et plus sage.

Vivi roula des yeux.

— Oh s'il te plaît. Vis un peu ! Prends ce que tu peux au gars avant de le larguer.

Le ton froid de Vivi inquiéta Aly, mais elle ne dit rien là-dessus, car, Dieu l'en garde, elle ne voulait pas devenir comme leur mère, à laquelle elle s'efforçait tant de ne pas ressembler.

— Nous ne sommes même pas sortis prendre un verre. Peut-être qu'il va s'avérer être un connard et que je ne le reverrai plus.

— Oh, il va devenir un connard tôt ou tard. Probablement plus tôt que prévu.

Elle ne pouvait pas laisser passer ça.

— Viv, ça va ?

Le regard de sa sœur resta baissé pendant quelques secondes avant qu'elle ne hausse les épaules.

— Ouais, ça va.

— Non, ça ne va pas. Ça dure depuis un moment et je m'inquiète pour toi.

Vivi soupira fort.

— Tu n'as pas besoin de t'inquiéter pour moi. Je vais bien. Franchement.

— Mais tu n'es pas toi-même ces derniers temps.

— Peut-être que je grandis enfin.

— Tu as vingt-quatre ans et tu arrives à joindre les deux bouts avec trois putains de jobs. Je pense que c'est assez adulte.

— Mais c'est toi qui travailles cinquante heures par semaine dans un bureau où tu dois porter des vêtements d'adulte.

— Et ne pas avoir de vie sociale du tout. N'oublie pas.

— Je suppose que ça fait de nous deux nulles.

— Ouais, mais je suis une pauvre nulle qui a un rencard avec un joueur de hockey sexy. Et si tu viens avec moi, je suis sûr que tu rencontreras beaucoup d'autres joueurs de hockey sexy.

Merde, elle n'aurait pas dû dire ça. L'expression de Vivi se durcit et sa bouche s'ouvrit d'une manière qui ne se produisait que lorsqu'elle pensait à son connard d'ancien petit ami.

— Ça n'arrivera jamais. Mais je serai là demain, c'est sûr, pour voir si ça n'est pas un connard.

— Bon sang, quand tu dis ça comme ça on a l'impression qu'il n'en vaut même pas la peine.

— Je ne suis pas certaine qu'un seul gars en vaille la peine.

En essayant de détendre l'atmosphère, Aly sourit à Vivi.

— Je suppose que tu veux vraiment vivre avec moi pour toujours. Nous serons connues comme les deux vieilles filles et nous aurons vingt chats.

Vivi roula à nouveau des yeux et se mit enfin à rire.

— D'accord, d'accord. Je vais arrêter d'être aussi déprimante. Et non, je ne veux pas vivre avec toi pour le reste de ma vie. On s'entretuerait probablement au bout d'une vingtaine d'années. Ça ne veut pas dire qu'il doit y avoir un homme dans l'histoire. Un de ces jours, je vais traverser l'Europe en sac à dos et je vais faire un trek dans l'Everest et...

alors que sa sœur continuait à lui faire part de toutes les choses qu'elle voulait faire dans sa vie, Aly réfléchissait au fait qu'elle ne pensait pas vraiment à ce genre de choses.

Bien sûr, elle aimerait voyager et voir le monde, mais sa sœur voulait s'échapper.

Et qu'est-ce qu'il y avait de si mal à cela ?

Elle détestait l'admettre, et ne l'admettrait jamais à Vivi, mais Aly voulait trouver un mec, quelqu'un avec qui passer du temps et faire des choses. Quelqu'un avec des objectifs communs et...

Oh mon Dieu. On aurait dit sa mère.

— Hé, Aly ?

Son attention se reporta sur Vivi qui la regardait comme si elle avait accidentellement dit tout ça à voix haute.

— Ouais ?

— Je pense vraiment que tu devrais te le faire.

En riant, Aly attrapa l'oreiller et frappa sa sœur sur la tête.

— Je pense vraiment que ça n'arrivera pas.

— On a un match ce soir et tu as un rencard avec une fille ? On a une série en cours et tu vas déconner ?

Riley ignora les railleries de Vladimir "Lad" Marchenko en continuant ses tours de patinoire.

Il refusait de laisser les gamins lui prendre la tête. En tant que deuxième joueur le plus âgé de l'équipe, on lui rappelait parfois qu'il avait grandi un peu en fait, depuis qu'il avait eu l'âge de "Lad".

— Sérieux ? Le défenseur Derek Flaherty les doubla puis se tourna pour patiner à reculons afin de pouvoir faire face à Riley. Le Poussin a trouvé quelqu'un pour sortir avec lui ? Comment c'est arrivé, vieux ?

Refrénant l'envie de pousser le petit merdeux dans les rambardes pour avoir utilisé ce surnom stupide et pour avoir commenté son âge, Riley repartit plus vite et ignora le rouquin d'un mètre quatre-vingt-cinq et de quatre-vingt-dix kilos qui ne savait pas se taire, peu importe le nombre de fois où il avait pris un coup de poing pour l'avoir ouverte.

D'accord, lui et Derek avaient beaucoup en commun, mais Riley ne l'admettrait jamais.

— Oui, contrairement à toi, rétorqua Lad avec le même humour, qui n'arrive pas à avoir un rencard parce qu'il ne sait pas la fermer.

Au lieu de s'offenser, Derek sourit. D'après son colocataire, Adam Zappala, ce sourire permettait à Derek de baiser plus qu'un lapin à la saison des amours.

— Pas besoin de sortir avec quelqu'un si tout ce que tu veux, c'est baiser. Pas besoin d'une petite amie non plus. Elles te prennent trop la tête.

— Ouais, on sait tous qu'il n'a pas de cerveau, alors c'est pas ça qu'elles prennent.

Riley se retourna pour sourire à Cary, qui patinait à côté de lui.

— Salut. Comment ça va ? Il paraît que tu as un rencard ce soir ?

Riley laissa sa tête retomber.

— Bon sang, pas toi aussi ? Sérieux, on dirait une bande d'adolescents, je te jure.

Cary rigola, d'une voix grave qu'on n'entendait pas souvent.

Le gars avait gagné sa réputation de cogneur presque vingt ans auparavant, quand le jeu était très différent. Aujourd'hui, c'étaient les joueurs habiles qui étaient le plus à l'honneur.

Des gamins comme CJ Young, l'attaquant de vingt et un ans qui avait débuté les cinq premiers matchs de la saison avec deux points par match. Et Robbie Lindback, le jeune suédois de dix-neuf ans, qui avait été sélectionné au premier tour du repêchage et qui serait probablement appelé la prochaine fois que les Colonials auraient besoin d'un attaquant.

— Au moins, ils ne crient pas et ne rient pas. Beaucoup. Comment ça se passe ? Je n'ai pas eu beaucoup de temps pour parler depuis que tu es arrivé. Il faut que tu viennes dîner à la maison. Mardi prochain, ça te va ?

— Oui, ça devrait. Merci.

— Comment se passe la colocation ?

Riley ne put retenir son rire.

— C'est ta façon d'essayer de savoir si je suis en colère contre toi pour m'avoir envoyé chez Porcinet ?

Cary rit encore, cette fois-ci encore plus fort.

— Ouais, j'aurais peut-être dû t'avertir.

— M'avertir que le gars était un produit dangereux sur patte aurait été utile.

Justin Perry, ou "Porcinet" était le seul gars qui avait eu besoin d'un colocataire quand Riley avait signé. Il n'avait jamais parlé à Justin avant, sauf sur la glace, donc il ne savait pas grand-chose sur lui personnellement.

Il était très gentil et patinait comme s'il était né sur des patins, mais hors de la glace, Justin n'était qu'une catastrophe ambulante. Un peu comme un bambin de vingt-quatre ans. S'il tenait quelque chose, il le renversait. S'il mangeait, il s'en mettait partout, et quand il se déplaçait dans l'appartement il cassait forcément quelque chose.

— Alors tu as vraiment un rendez-vous ce soir ?

Riley donna un coup dans les tibias de Cary, pas assez fort pour lui faire mal, bien sûr. Ils avaient un match ce soir.

— Pourquoi c'est si surprenant ?

— Peut-être parce que ça ne t'est pas arrivé depuis ton divorce.

Ah, oui. Il avait presque oublié qu'il connaissait Cary depuis si longtemps.

— Ça fait presque sept ans que c'est réglé. Je suis sortie avec des filles plusieurs fois depuis.

— Sans déconner ?

D'accord, peut-être plus que quelques fois, mais merde. Il n'était pas marié. Plus maintenant.

— Hé, ce n'est pas parce que tu es vieux et marié que nous devrions tous l'être.

— OK, si tu veux m'insulter...

Heureusement, l'entraîneur donna un coup de sifflet pour appeler l'équipe et parler du match de ce soir et des points sur lesquels ils devaient travailler.

Mais la remarque de Cary sur son divorce lui restait à l'esprit. Riley n'avait pas pensé à Ann depuis des mois. Du moins, pas depuis qu'il avait quitté la maison de ses parents en juin. Il était rentré chez lui pendant quelques semaines entre la fin de la saison dernière et le début du camp d'entraînement. Il n'avait pas vu son ex depuis son retour et ses parents n'avaient pas du tout parlé d'elle. Mais il avait vu son nouveau mari, Thad, et leurs deux enfants.

Thad et lui avaient obtenu leur diplôme de fin d'études secondaires ensemble. Ann avait un an de moins qu'eux. Ils avaient été proches à l'époque. Thad avait été l'un des garçons d'honneur du mariage de Riley et Ann. Maintenant, elle et Thad étaient heureux en mariage, avec des enfants, une maison et un prêt.

Et Riley faisait encore des allers-retours à travers l'Amérique du Nord en pratiquant un sport qu'il adorait. Un sport qu'Ann en était venue à détester parce qu'il l'aimait plus qu'elle.

Mais maintenant... il devait admettre qu'il en avait un peu marre de n'avoir jamais vraiment d'endroit à lui.

Peut-être devait-il songer à raccrocher les patins après cette saison ?

Le problème était... qu'est-ce qu'il ferait s'il ne jouait pas au hockey ?

***

— Alors c'est lui ? Merde, il est balaise.

Aly pouvait à peine entendre Vivi par-dessus le rugissement de la foule et la musique. Elles étaient arrivées à la patinoire seulement cinq minutes avant le début du match et elles avaient à peine regagné leurs sièges que les lumières s'étaient éteintes et que les équipes avaient commencé à patiner.

Elle avait dû attendre que les lumières s'allument pour regarder le programme et savoir quel numéro portait Riley afin de pouvoir le trouver sur la glace.

Mais dès qu'elle l'avait repéré, elle avait su qu'elle ne le prendrait jamais pour un autre. Il y avait quelque chose chez Riley qui faisait que chaque hormone de son corps vibrait et se faisait remarquer.

— Ils sont tous costauds. Je pense que c'est en partie à cause de l'équipement.

— Peut-être. Mais il est *vraiment* balaise, lui. Vivi l'a regarda et sourit. Tellement pas ton genre. Ça me fait trop rire !

Aly cogna son épaule contre celle de Vivi et secoua la tête.

— N'y pense même pas. Mon Dieu, on n'est même pas encore sortis ensemble. Et je lui ai parlé à peine dix minutes.

— Ouais, mais tu sors avec lui ce soir. Je suppose que je ne devrais pas être surprise si tu ne rentres pas à la maison, hein ?

Elle sentit une rougeur lui envahir les joues.

— Bon sang. Dis-le à toute la patinoire !

Vivi leva les yeux au ciel.

— Oh ça va. Personne ne peut nous entendre avec ce bruit.

C'était sans doute vrai. La patinoire n'était pas complètement pleine, mais il devait y avoir au moins sept mille personnes dans le bâtiment, la plupart d'entre elles étant debout et applaudissant leur équipe en attendant que l'arbitre lâche le palet pour commencer le match.

Comme elle n'avait jamais assisté à un match auparavant, elle ne s'était pas vraiment attendue à ça.

La vitesse était exaltante à regarder, mais, oh mon Dieu, ce sport était tellement physique. Les joueurs s'écrasaient les uns contre les autres, si fort sur les rambardes que le verre tremblait autour de la glace. Ils tombaient, trébuchaient et frappaient la glace si violemment qu'elle tressaillit plusieurs fois, incapable de croire qu'ils ne s'étaient pas cassé quelque chose.

Mais quelques millisecondes plus tard, ils étaient de nouveau sur pied et patinaient après le palet.

Après une frappe particulièrement brutale d'un joueur adverse contre un des Redtails, l'homme assis quelques rangs plus bas se mit à crier :

— Sors-toi les doigts du cul l'arbitre ! Tu gâches le match.

Elle et Vivi se tournèrent l'une vers l'autre et éclatèrent de rire.

Alors qu'elles continuaient à rire, le *buzzer* retentit et les joueurs sortirent de la glace. La musique commença à jouer et tout le monde autour d'elles se leva, s'étira ou se dirigea vers les allées.

Elle et Vivi se levèrent, mais ne quittèrent pas leurs places

— Je pense que je pourrais aimer le hockey. Vivi sourit à Aly, sans aucune trace de sarcasme. Je n'arrive pas à croire qu'on ne soit jamais venues voir un match avant.

Aly sourit en retour, heureuse de voir sa sœur sourire. « J'aime ça, mais, punaise, à chaque fois qu'ils se cognent, j'ai envie de grimacer. Comment font-ils pour prendre autant de coups ? C'est brutal. Ils doivent être couverts de bleus après. »

— D'habitude, oui, c'est vrai.

La voix amicale arriva de derrière elles et Aly se retourna pour voir une jolie rousse qui leur souriait.

— Désolé, je n'ai pas pu m'empêcher d'entendre. Salut, je suis Bliss[2]. Elle tendit une main, qu'Aly serra immédiatement. Vous n'avez visiblement jamais assisté à un match auparavant et nous aimons beaucoup vos commentaires.

Immédiatement sur ses gardes, le sourire d'Aly s'atténua et elle leva les yeux sur la brune qui se tenait à côté de Bliss.

— Salut, je suis Lori. Elle aussi tendit la main. Et franchement, nous ne sommes pas méchantes. Mon mari et le copain de Bliss sont des joueurs. Je vis et respire le hockey depuis pas mal d'années, donc chaque fois que je rencontre quelqu'un qui est nouveau dans le milieu, j'aime le voir tomber amoureux du jeu comme je l'ai fait.

— Je suis assez nouvelle dans ce sport moi aussi, déclara Bliss. Mon petit ami, Shane, est le gardien de but. Le mari de Lori, Cary, est attaquant.

Puis Lori et Bliss échangèrent un regard avant que le sourire de Lori ne s'élargisse.

— Alors j'espère que ça ne vous dérange pas que je demande, mais... laquelle d'entre vous sort avec Riley ?

Stupéfaite, Aly écarquilla les yeux.

Mais, enfin !

De toute évidence, Lori vit son expression parce qu'elle leva la main.

— Oui, je sais que nous sommes vraiment intrusives, mais vous êtes assises dans la section des femmes et des petites amies des joueurs donc, nous nous sommes dit qu'on allait vous saluer.

Et comme les joueurs de hockey sont presque pires que les adolescentes en ce qui concerne les commérages, tout le monde sait que Riley a un rendez-vous après le match. Nous voulions juste vous dire bonjour. Si vous avez des questions, n'hésitez pas à nous les poser. Nous nous sommes probablement déjà posé les mêmes.

Comme elles avaient l'air sympa, Aly décida d'accepter la proposition.

— Est-ce que le jeu est toujours aussi... physique ?

Les visages des deux jeunes femmes s'éclairèrent et Aly sentit ses murs intérieurs s'effriter encore plus.

— Parfois, c'est pire. Lori secoua la tête. Ce match est assez tranquille en fait.

— Comme Shane est le gardien de but, il ne se fait pas beaucoup frapper, mais Riley est un joueur assez physique, poursuivit Bliss. Il aura probablement un certain nombre de coupures et de contusions quand il enlèvera son équipement ce soir. Mais ne soyez pas choquées. Les gars sont habitués. Vous le serez aussi, quand vous serez familière du sport.

Aly eut l'envie presque irrésistible de rappeler qu'elle et Riley venaient de se rencontrer et qu'ils avaient leur premier rendez-vous ce soir, puis elle décida de ne pas le faire puisque Lori continuait de parler.

« La première fois que j'ai rencontré Cary après un match, j'ai cru qu'il s'était battu dans les vestiaires. Il avait un œil au beurre noir à la suite d'un choc en deuxième période et une énorme contusion sur le côté. J'avais peur de le toucher ! Elle échangea un regard avec Bliss. Il n'avait pas le même problème avec moi... »

Bliss roula des yeux alors que Lori riait. Elle était un peu plus âgée que les autres, probablement au milieu de la trentaine, mais son rire était chaleureux et engageant et Aly ne put s'empêcher de l'aimer tout de suite. Même Vivi, qui ne se liait pas facilement avec les gens, souriait à Lori.

— Ouais, je n'en dirai pas plus. Bliss secoua la tête. Mais je dirai qu'ils sont généralement un peu... hyper excités après un match, surtout s'ils gagnent.

— Est-ce qu'ils gagnent souvent ?

— Eh bien, la saison a démarré depuis deux mois et ils en sont déjà à douze victoires et trois défaites. L'année dernière, ils ont gagné le championnat et cette année, on prévoit qu'ils iront encore en finale.

— Alors ils sont bons ? demanda Vivi.

Lori sourit.

— Oui, ils sont vraiment bons. Riley n'était pas là l'année dernière, mais il a beaucoup apporté à l'équipe. Cary pense qu'il pourrait être appelé cette année.

Aly secoua la tête.

— Je n'ai pas...

— Oh désolée, désolée. Lori fit une grimace. J'ai oublié que tu ne parles pas encore hockey. Appelé, ça veut dire qu'il va jouer en LNH.[3]

OK, maintenant elle avait compris.

— Et c'est là qu'il veut être, non ?

— C'est le but ultime, oui. Bliss hocha la tête. Mais tous n'y arrivent pas.

Lori mit son bras autour des épaules de Bliss et la serra contre elle.

— Et certains y sont destinés. Ils n'appellent pas Shane "Le Mur de brique" pour rien.

Aly était fascinée. Est-ce que Riley a un surnom ?

Bliss sourit.

— Eh bien, certains l'appellent "Poussin" parce qu'il gazouille tout le temps. Ça veut dire qu'il aime dire des conneries aux autres joueurs, les faire sortir du jeu, tirer un penalty. Il est assez connu pour ça.

— Cary jure que Riley pourrait se faire frapper par un saint. Lori secoua la tête. Mais il est surtout connu comme broyeur. Il ne marque pas beaucoup de buts, mais il s'assure que ses coéquipiers ont le palet pour qu'ils puissent marquer.

Gazouiller. Broyeur. Le jargon lui faisait tourner la tête.

Lori dut voir son cerveau s'embrouiller parce qu'elle tendit la main et lui tapota l'épaule.

« Restez avec nous, mesdames. À la fin du match, vous serez des expertes. »

— Alors ta copine s'est pointée ? Tu vois, je te l'avais dit. Pas besoin de s'inquiéter.

Jake s'arrêta à côté de Riley alors qu'il bouclait sa ceinture puis attrapait son manteau. Ils avaient gagné le match, donc le niveau sonore dans les vestiaires était presque assourdissant, mais ils s'en souciaient à peine.

Riley avait joué dur ce soir. Il s'était battu une fois parce qu'un des joueurs des Lynx l'avait provoqué et avait fait trois passes sur quatre buts.

Une bonne nuit. Et avec un peu de chance, tout irait bien.

— Je n'étais pas inquiet, dit-il à Jake en se dirigeant vers l'endroit qu'il avait indiqué à Aly pour se retrouver après le match. Il n'avait pas du tout pensé à elle pendant le jeu. Il n'avait jamais laissé personne - ni une fille ni un autre joueur, ni personne d'autre - lui grignoter le cerveau avant ou pendant un match.

Mais maintenant... Oui, peut-être qu'il avait eu un peu peur qu'elle ne se montre pas.

Il avait fait exprès de ne pas regarder dans les tribunes pour voir si elle était là. Il était resté concentré sur le jeu et ça avait payé. Cette saison avait bien commencé et il espérait que ça continuerait.

— Je sais que tu ne t'inquiètes pas pendant les matchs. Tu es une machine de guerre. Sacré bon match ce soir.

— Merci. Je...

Merde, elle était là. Et, bon sang, elle était magnifique.

Il entendit vaguement le rire de Jake, mais Riley n'y prêta pas attention, car l'envie incontrôlable de saisir Aly par le bras et de l'embrasser le submergea. L'envie était si forte qu'il serra les poings.

Elle ne le vit pas tout de suite. Elle se tenait à côté de la femme de Cary, Lori, et de la petite amie de Shane, Bliss. Elles semblaient être en pleine conversation.

Et puis elle sourit et, bon sang, il se retrouva au lycée quand il suffisait qu'une fille le regarde pour qu'il bande.

À l'époque, son seul désir était de s'envoyer en l'air. Jusqu'à ce qu'il rencontre Ann et que les choses changent.

Merde, il devait arrêter de penser à son ex. C'était il y a bien longtemps. Il prit plaisir à regarder Aly à la place.

Putain, elle était magnifique. Bien sûr, il l'avait remarqué hier, mais maintenant, en jeans moulants, bottes à talons, chemise blanche près du corps et gilet bleu, elle était tellement sexy qu'il pourrait bien se mettre à transpirer.

Comment faisait-elle pour ressembler à une institutrice de maternelle ?

Probablement parce que le jean lui allait comme une seconde peau et que la chemise était déboutonnée et laissait entrevoir juste assez de décolleté pour le faire baver.

Et elle avait les cheveux lâchés, presque jusqu'au bas du dos. Bordel de merde. Il voulait y plonger les mains et lui tirer la tête en arrière pour pouvoir l'embrasser. Et lui faire d'autres choses, moins polies.

Non pas que la façon dont il voulait l'embrasser soit très

polie. Non, ce qu'il voulait lui faire devait être fait en privé. Et sans vêtements.

Il voulait vraiment faire des choses déshabillées avec elle.

Un sourire se forma sur ses lèvres, elle leva les yeux à ce moment-là et le surprit en train de la regarder.

Son sourire se réduisit un peu à mesure que leurs yeux se croisaient, mais c'est son regard qui le fit bander. Il était chaud. Doux. Mais surtout chaud.

Il savait qu'elle n'était pas comme les autres filles avec qui il était sorti ces cinq dernières années. Et ça voulait dire qu'il devait y aller doucement. Ce serait une première pour lui, mais il ferait tout ce qu'il faudrait pour que Mlle Aly reste dans le coin.

— Toi, mon ami, tu devrais être bien content de l'avoir vue en premier !

Jake cogna violemment l'épaule de Riley alors qu'il passait à côté de lui, mais la douleur de sa blessure due à une collision avec les rambardes à la fin de la troisième période ne put le faire débander.

— Il n'y a pas moyen qu'une femme aussi belle te regarde une seconde fois, déclara Shane derrière eux. Mais pourquoi a-t-elle pensé que Riley était une meilleure option, je ne le saurai jamais.

Shane bouscula Jake en passant. Celui-ci bougea à peine et ne le regarda même pas.

— C'est dommage pour elle. Je suppose que Lad et moi allons répandre notre joie parmi les femmes de West Reading. Amuse-toi bien, Poussin.

Riley laissa filer le surnom détesté.

— Oh, j'en ai l'intention, Jake. J'en ai bien l'intention.

— Tu as délibérément nargué un gars qui pesait vingt kilos de plus que toi pour qu'il t'en balance une ? Tu es fou ?

Riley haussa les épaules, le sourire qui avait rendu Aly folle toute la soirée réapparaissant sur ses lèvres.

— C'est ce qu'on dit, oui. Mais il était en train de nous tuer, alors il fallait vraiment qu'il quitte la glace. Ça m'a pris jusqu'à la troisième période, mais je l'ai eu, finalement. Pendant qu'on était sur le banc, mes gars ont marqué deux fois et ont égalisé le jeu. On a gagné aux prolongations.

— C'est de là que tu tiens ton surnom ?

— Quel surnom ?

Sa grimace la trahit.

— Poussin ?

Il roula des yeux en tournant dans la rue où elle vivait. Ils avaient passé les trois dernières heures à discuter au bar et il était un peu étonné qu'ils n'aient pas été à court de sujets.

En fait, tout semblait facile avec cette femme.

— Les joueurs de hockey croient qu'ils sont drôles.

— Ne le sont-ils pas ?

— Pas tous.

— Alors je suppose que tu n'es pas comme la plupart d'entre eux.

Il lui coula un regard.

— Tu me trouves drôle ?

Son sourire fit tressauter sa bite.

— Je crois que tu évites de me dire comment tu as eu ce surnom.

Il pouffa.

— Je l'ai eu à la fac. Un des gars de mon équipe était un garçon de ferme de Pennsylvanie, et après un match, il m'a raconté comment je lui rappelais ce poulet qu'il avait et qui ne se taisait jamais. Les autres joueurs ont commencé à m'appeler Poussin et ça m'est resté.

— Tu jouais au lycée aussi ?

— Mon père dit que j'ai attrapé une crosse quand j'avais quatre ans et que je ne l'ai jamais lâchée. Depuis, c'est toute ma vie.

— Tu comptes jouer combien de temps ?

Il haussa les épaules, pas encore prêt à admettre sa défaite à voix haute.

— J'sais pas. Quand j'en aurai fini, je trouverai bien quoi faire du reste de ma vie. J'ai un diplôme en gestion du sport. L'idée c'est de travailler avec les enfants quand j'arrêterai, mais au-delà de ça, je ne sais pas vraiment. J'ai été trop concentré sur le jeu pendant les vingt dernières années.

Elle écarquilla les yeux.

— Vingt ans ? Tu joues depuis que tu as huit ans ?

Son ton choqué le surprit quelque peu.

— Enfin, plus même, mais oui.

— Tu aimes vraiment ce sport à ce point ?

— Oui. Quelque chose dont son ex l'avait accusé plus d'une fois. Qu'il aimait le sport plus qu'il ne l'aimait elle ça avait piqué à l'époque... surtout parce qu'elle avait raison. Il avait été égoïste. Il faut bien, sinon à quoi bon ?

Après une courte pause, elle dit :

— Tu as absolument raison.

— Tu peux répéter ça pour que je puisse l'enregistrer et le faire écouter à ma mère ? Je te jure, quoi que je fasse, elle pense que c'est mal. Alors, est-ce que vous avez passé un bon moment ce soir avec ta sœur ? Elle était la bienvenue pour venir avec nous ce soir, tu sais.

Aly rit doucement et hocha la tête.

— Je sais, mais elle, euh, elle avait des projets. Mais on a apprécié le match. Je n'arrive pas à croire à quel point c'est physique. Comment peux-tu encore marcher ? Je t'ai vu te faire frapper très fort plusieurs fois.

En haussant les épaules, il fit machinalement rouler son épaule, heureux qu'il n'y ait pas de douleur.

— On s'y habitue. En plus, je savais que j'avais un rendez-vous qui m'attendait et je n'allais pas le rater à cause de quelques bosses et contusions.

Il lui glissa un regard et la surprit en train de sourire à nouveau.

— Tu es un peu dragueur, non ?

— Juste un peu ?

Elle gloussa comme il l'avait espéré et elle secoua la tête.

— OK, t'es un vrai dragueur.

— Merci. Je détesterais penser que je suis *à moitié* quoique ce soit.

Elle riait encore quand il se gara sur le trottoir devant l'adresse qu'elle lui avait donnée.

— C'est chez toi ?

Ça faisait tellement... banlieusard. Il s'attendait presque à ce que « deux enfants et demi » sortent en criant : « Maman ! »

— Mm-hmm. Techniquement, ça appartient à mes parents, mais quand ils ont déménagé en Floride il y a quelques années, ils nous ont demandé à ma sœur et moi si nous voulions rester ici. C'était une évidence. Mes parents ont fait un deuxième prêt et ont acheté un appartement en Floride. Et maintenant c'est ma sœur et moi qui payons le premier prêt et qui vivons ici. Mes parents ont leur place au soleil et tout le monde est content.

— Tu es bien plus adulte que moi.

Elle soupira.

— C'est ce qu'on me dit.

Il la regarda, mais ne sut pas lire son expression. Il voulait lui demander s'il pouvait entrer, mais il ne voulait pas la bousculer. Ils avaient passé les trois dernières heures à parler, et même s'il s'attendait à mener la conversation, elle avait fait sa part. Elle était très drôle et son rire rauque le mordait jusqu'aux tripes.

Et elle semblait le trouver hilarant. Elle riait de ses blagues, ce qui signifiait qu'il avait constamment bandé. En fait, il bandait encore.

Et quand elle se mordit la lèvre et lui dit :

— Tu veux entrer ?

Il n'avait qu'une envie c'était dire oui.

Alors pourquoi ne le fit-il pas ?

— Oui, mais... on a un entraînement demain. Enfin, ce matin, en fait. Et si j'entre avec toi, je ne voudrai plus partir.

Elle cligna des yeux, ses lèvres s'entrouvrirent et il dut se mordre pour ne pas gémir. Il fit donc ce qu'il faisait de mieux. Il continua à parler.

« Mais l'entraîneur s'énerve quand on ne vient pas, surtout le matin avant un match. Je pourrais me retrouver sur le banc demain soir et ce serait un problème. »

Il s'attendait à une moue. Beaucoup d'autres femmes auraient été énervées. Cette femme sourit, ce qui lui donna envie de se mettre un coup de pied au cul pour avoir dit non, même s'il savait que c'était la bonne décision.

Parce que pour la première fois, il ne voulait pas se précipiter. Peut-être qu'il grandissait ? Peut-être qu'il apprenait à se contrôler ? Peu importe.

— Et tu détesterais ça, n'est-ce pas ?

— Ça craindrait, oui. Je n'aime pas être sur le banc.

— Tu es trop bon pour que ça t'arrive souvent.

— Et maintenant, c'est qui la dragueuse ?

Et encore ce sourire, celui qui lui donnait envie de la croquer. Sa poitrine, son cul, l'intérieur de sa cuisse... Ce sourire n'était pas timide. Aly était un peu réservée, oui, mais pas timide.

« Viens au match ce soir. Je te laisserai des billets. »

Ce sourire lui donnait envie de reconsidérer sa décision.

— D'accord, merci. Ma sœur doit travailler, mais je serai là.

— Super.

Ils restèrent assis là quelques secondes de plus, se souriant l'un l'autre jusqu'à ce qu'elle le lâche des yeux et prenne son sac.

Comprenant l'allusion, il sortit et fit le tour pour ouvrir sa portière. Sans y penser, il enroula un bras autour de ses épaules et l'attira à lui. Les bras d'Aly glissèrent le long de sa taille, et lorsqu'elle mit une main sur sa hanche, il l'attira encore plus près.

La conduisant à la porte, il resta là pendant qu'elle sortait ses clés de son sac et ouvrait. Puis elle se retourna et plongea ses yeux bleus dans les siens et personne ne pouvait lui reprocher de ne pouvoir lui résister.

Il se pencha et l'embrassa. Une main à l'arrière de sa tête et l'autre sur sa hanche, il la pressa contre lui et ne retint plus rien.

Il avait été si sage toute la soirée et il n'allait pas la suivre dans cette maison. Mais il fallait qu'il goûte un peu à elle.

Sa chaleur le surprit – dans le bon sens. Sa réaction lui fit presque oublier sa résolution d'aller aussi lentement.

Et quand ses bras glissèrent autour de sa taille et qu'elle se mit sur la pointe des pieds pour l'embrasser, il faillit gémir. OK, il gémit. Et puis il ouvrit la bouche et respira. Elle s'ouvrit immédiatement à lui, sa langue rejoignant la sienne sans hésitation.

Oh bon Dieu ! Le désir surgit alors que leurs langues s'entremêlaient. Tous ses nerfs se mirent à bouillir et il poussa sa langue encore plus loin. Respirant par le nez, il scella leurs lèvres l'une à l'autre, ses doigts se perdant dans ses cheveux.

Elle ne s'opposa pas à son emprise possessive. Au lieu de cela, elle se fit douce à son contact alors qu'il devenait encore plus dur.

S'il n'avait pas essayé d'être sage, il l'aurait soulevée contre la porte et aurait pressé sa bite douloureuse contre son pubis.

Il lui fallut faire preuve de la plus grande retenue pour ne pas se frotter à elle ou faire courir ses mains sur tout son corps.

Ses formes l'avaient nargué toute la soirée. Cette femme n'avait pas d'angles vifs. Elle était faite pour être caressée.

Mais pas cette nuit.

Il commença à reculer, mais elle le suivit, montant sur ses orteils pour prolonger le baiser jusqu'à ce qu'il soit sur le point d'oublier sa résolution de prendre son temps.

Ils respiraient tous les deux lourdement quand elle fit un pas en arrière.

Se forçant à faire de même, il serra les poings pour ne pas la toucher encore.

Elle déglutit et se lécha les lèvres avant de pencher sa tête sur le côté et tous ces cheveux soyeux glissèrent sur son épaule, lui donnant envie de gémir. Bon sang, il voulait sentir ces cheveux contre sa peau. De préférence contre sa poitrine et ses cuisses.

Il retint son souffle.

— Alors... on se voit demain soir ?

Elle hocha la tête.

— Est-ce que je serai à côté de Lori et Bliss ?

— Si tu veux, oui, je peux arranger ça.

Son sourire s'élargit.

— Ce serait super. Puisque Vivi ne peut pas y aller, je préfère ne pas être toute seule.

— Pas de problème.

Il ferait en sorte de remercier la femme de Cary et la petite amie de Shane la prochaine fois qu'il les verrait.

Un autre sourire rapide.

— Bonne nuit.

Il dut respirer un bon coup avant de pouvoir répondre.

— Bonne nuit.

Puis il attendit qu'elle ferme la porte et la verrouille.

Il souriait encore quand il retourna à sa voiture. Et même, il souriait encore quand il entra dans son appartement.

— Je ne m'attendais pas à te revoir ici ce soir, mec. Mauvaise soirée ? Pas de chance, hein ?

Riley frappa Justin à l'arrière de la tête alors qu'il passait en allant dans sa chambre.

— Va te faire foutre. Super soirée. Je vais me coucher.

— Merde, je pensais que tu étais trop vieux pour les coups rapides. Quoiqu'à ton âge avancé, je suppose que si tu peux tenir plus d'une minute, c'est déjà un exploit.

Riley continua à avancer. Il fit un doigt d'honneur à Justin par-dessus son épaule. Pas question de se laisser embarquer dans une conversation maintenant.

— L'heure du coucher est passée, gamin. Tu as besoin d'un sommeil réparateur. C'est des rapides à St. John.

— Attends, tu vas vraiment te coucher ? Tu ne vas rien me raconter ?

— Bonne nuit, Justin.

En fermant la porte de sa chambre derrière lui, il sourit en entendant Justin se plaindre.

— Tu crains, mec.

CHAPITRE TROIS

— Alooors ? Vivi étira le mot à son maximum à la seconde où Aly entra dans la cuisine le lendemain matin. Comment ça s'est passé ?

Aly ne prit pas la peine de répondre tout de suite. Oui, elle faisait partie de ces gens joyeux le matin au point d'en être agaçants, bien qu'elle ait besoin de café avant d'être pleinement fonctionnelle pour la journée.

Elle passa donc devant sa sœur, prit sa tasse et versa le café que Vivi, étonnamment, avait déjà préparé. Comme Aly était presque toujours la première à se lever le matin, elle faisait généralement la première cafetière.

Se préparant à répondre, elle but une gorgée... et réussit à réprimer un frisson sur tout le corps. Vivi était connue pour faire un café extrêmement fort. Aly fut un peu surprise de ne pas voir pousser immédiatement des poils sur son torse.

— Oh putain ! Elle réussit à retenir un hoquet avant de se glisser sur un siège à la petite table près de la fenêtre en face de Vivi. Comment tu fais pour boire ça, bon Dieu ?

— Avec ma bouche. Avec un sourire sarcastique, Vivi souleva sa tasse et salua sa sœur avant d'avaler la moitié de la tasse. Et toi ? Qu'as-tu fait avec ta bouche hier soir ? Pas grand-chose, je suppose, vu qu'il est parti sans entrer.

Aly sourit, en pensant à ce qu'elle avait fait avec sa bouche hier soir. Et oui, tout ce qu'ils avaient fait, c'était s'embrasser.

« Mais, continua Vivi, je suppose que quelque chose s'est passé, sinon tu ne sourirais pas comme une idiote. »

Aly plissa le nez.

— Je ne souris pas comme une idiote. Je souris, tout simplement. C'était une soirée sympa.

— Sympa ? Comment ça aurait pu être "sympa" s'il n'est même pas entré dans la maison ? C'est quoi son problème ?

Aly prit une autre gorgée de café et regarda sa sœur par-dessus le bord de la tasse.

— Il n'y a absolument rien qui ne va pas chez lui. C'est un vrai gentleman.

— Donc il ne t'a pas touchée. Vivi haussa les épaules. Dommage.

Aly soupira et leva les yeux au ciel en posant sa tasse.

— Tous les mecs ne cherchent pas juste à s'envoyer en l'air, tu sais. Parfois, les préliminaires sont aussi amusants que le sexe.

Ce fut au tour de Vivi de rouler des yeux.

— Ou peut-être que le gars a... Elle leva son petit doigt et l'agita.

Aly rit en secouant la tête.

— Ouais, non. Je ne pense pas que Riley ait à s'inquiéter là-dessus. D'après ce que j'ai pu sentir, ce n'est pas un problème, même de loin.

— Alors, que s'est-il passé ? Vivi s'appuya sur la table. Pour-quoi il est parti ? Tu ne l'as pas invité à entrer ?

— Si, mais il avait un entraînement ce matin et il avait besoin de dormir. Il a un autre match ce soir et je vais y aller et le retrouver après. C'est vraiment un type bien, Viv.

— Est-ce qu'il t'a au moins embrassée ?

Elle sourit et laissa Vivi trouver la réponse toute seule.

— J'ai super faim. Je crois que je vais faire des crêpes. Tu en veux ?

— Bien sûr, si tu en fais. Mais je dois partir dans une heure. Je fais un double service au salon aujourd'hui et je prends un service au bar ce soir. Pourquoi vous ne viendriez pas après le match ? Chet ne sera pas là ce soir, comme ça vous n'aurez pas à la supporter. Et dis à Riley d'amener son équipe. Les filles vont m'adorer si tu fais ça !

L'un des trois emplois de Vivi était serveuse au *Bomb Shelter*, l'un des bars les plus populaires du quartier.

Aly n'y allait pas d'habitude. La musique était nulle, il y avait toujours du monde le week-end, et la plupart des clients masculins étaient des connards qui pensaient que les femmes n'existaient que pour leur plaisir personnel.

— Je vais demander, mais je ne sais pas ce qu'il voudra faire ce soir.

D'un autre côté, elle avait de grandes idées sur ce *qu'elle* voulait faire ce soir. La veille, elle n'était pas prête pour quelque chose de vraiment physique et d'une certaine manière, Riley l'avait compris. Elle était un peu inquiète, non pas qu'il la force, mais qu'il la pousse à faire quelque chose qu'elle n'était pas prête à donner. Mais ils étaient tellement en phase qu'elle s'était presque convaincue de lui donner tout ce qu'il voulait.

Ou peut-être qu'elle se faisait des illusions et qu'il avait décidé qu'il ne voulait pas vraiment d'elle et qu'il lui enverrait un SMS aujourd'hui pour lui dire que quelque chose s'était produit et... ?

OK, elle devait s'arrêter là.

En secouant la tête, elle versa de la pâte à crêpe dans la poêle au moment où son téléphone sonna.

Elle le prit sur le comptoir, ignorant le rire de sa sœur, puis soupira en voyant l'écran.

— Oh, je connais cette tête. Vivi lui fit un sourire entendu. Tu ferais mieux de répondre parce que sinon, elle va m'appeler et tu sais que je ne décroche pas. Puis elle appellera la police parce qu'elle pensera qu'on a été assassinées dans notre sommeil ou un autre truc du genre horrible et je ne veux pas en arriver là.

Parce que sa sœur avait raison, Aly prit une profonde inspiration et répondit.

— Bonjour maman. Comment ça va ?

— Est-ce que je t'ai réveillée ? Il est presque dix heures. Je pensais que tu serais debout à cette heure. Tu es sortie tard hier soir ? Je sais qu'on est samedi, mais je sais que tu ne fais pas la grasse matinée. Bon, ta sœur...

Aly roula les yeux et soupira, espérant avoir assez de patience pour écouter sa mère parler pendant les trente minutes suivantes.

Elle finit les crêpes pendant que sa mère racontait tous les maux qu'elle et son père avaient endurés cette semaine-là, avec plus de détails qu'Aly ne voulait entendre. Malheureusement, elle y était habituée, car c'est ainsi que se déroulait presque chaque appel de la semaine.

Maman commençait par faire le point sur son état de santé. Parfois, elle s'en tenait à sa santé et à celle de son père. Si la semaine avait été calme pour eux, maman faisait le point sur l'état de santé des voisins. Tous avaient à peu près le même âge. La résidence où ils vivaient était principalement peuplée de seniors, mais il y avait quelques jeunes. Jeunes étant relatif, car tous les moins de cinquante ans étaient des gamins aux yeux de sa mère.

Après le bilan de santé, maman se plaignait du temps qu'il faisait. Trop chaud, trop de vent, trop de pluie, ou, oh, mon Dieu, la saison des ouragans. Aly répondait en disant que c'était la Floride et qu'au moins, ils n'avaient pas à faire face à la neige ou au froid.

Puis maman demandait comme ça se passait à la maison, et si Aly n'avait pas assez de choses à raconter, sa mère voulait savoir ce qui n'allait pas. Parfois, elle demandait des détails, par exemple sur le travail, ou elle voulait savoir dans quel pétrin Vivi se trouvait.

Si Vivi était dans le coin, sa sœur soupirait, secouait la tête et se trouvait un autre endroit où aller.

Et parfois, si Aly avait vraiment de la chance, sa mère lui demandait si elle avait rencontré quelqu'un.

Oui, c'était amusant. Surtout quand sa mère décidait qu'elle avait trouvé le mec parfait pour Aly. Tout ce qu'elle avait à faire, c'était de déménager avec eux.

Apparemment, c'était le jour de chance d'Aly.

« Oh, et j'ai enfin rencontré le fils de Susan. Tu te souviens de Susan, n'est-ce pas ? Elle vit au bout du couloir. Elle a perdu son mari à cause d'un cancer il y a quelques années. Son fils a déménagé ici pour être plus proche d'elle. Il a un travail dans une compagnie d'assurance à Tampa. Il a l'air d'être un type bien. Quand tu descendras, tu devrais le rencontrer. Je pense qu'il te plaira. Il n'a que quelques années de plus et il est beau garçon... »

Aly laissa sa mère parler, en répondant si nécessaire. Celle-ci voulait bien faire, mais, bon sang, elle était fatiguée de cette pression constante. Elle était convaincue qu'Aly finirait par déménager en Floride, se marierait avec un homme gentil – qu'elle lui trouverait, car Aly ne pouvait apparemment pas rencontrer de gentils garçons toute seule - et leur ferait des petits-enfants.

Aly n'était même pas sûre de *vouloir* des enfants. Surtout pas pour devenir un jour comme sa mère.

En soupirant, elle se tourna vers Vivi, qui secouait la tête et avait la main sur la bouche pour que leur mère ne l'entende pas rire et veuille lui parler.

Vivi n'avait jamais droit au "J'ai rencontré un homme que tu devrais rencontrer". Vivi était convaincue que leur mère avait peur qu'elle procrée et que ses enfants soit comme elle.

Aly avait toujours été « la gentille ». De bonnes notes, jamais de problèmes, un diplôme universitaire et un emploi dès la sortie de l'université.

Vivi... Les flics du coin connaissaient son nom. Et après la troisième ou quatrième fois qu'ils s'étaient présentés à la porte pour demander à parler à leurs parents, Vivi était devenue « la difficile ».

C'était une distinction qui énervait encore Aly. Vivi l'avait surmontée depuis des années. Elle l'avait presque acceptée d'ailleurs.

Aly était donc celle sur laquelle ses parents comptaient. Celle qui rendait visite à sa tante malade à l'hôpital et aidait son cousin à emménager dans sa chambre d'étudiant. Elle faisait en sorte de se souvenir de l'anniversaire de chacun et se rendait à chaque mariage et anniversaire pour représenter "la famille".

Tout ce qu'elle aurait fait de toute façon, car c'est ce que la famille représentait pour elle. Elle ne savait même pas pourquoi le fait d'être considérée comme fiable l'énervait.

Peut-être... peut-être qu'elle voulait secrètement être un peu moins fiable et un peu plus sauvage. Comme Vivi.

Peut-être que c'est pour ça qu'elle aimait Riley. Parce que ce n'était pas un mec avec qui sa mère penserait qu'elle sortirait.

« Et je lui ai dit que quand tu viendrais à Noël... »

— Ho, là, attends ! Maman, je ne suis pas sûre de pouvoir venir à Noël. Je te l'ai déjà dit. Julie va probablement se marier pendant les fêtes, alors je ne peux rien prévoir.

— Oh. Sa mère fit une pause. Eh bien, je ne pensais vraiment pas que ça durerait cette histoire. Julie a toujours été si volage.

Oh, mon dieu, sa mère allait la rendre folle.

L'amie d'Aly, Julie, allait épouser un gars beau et intelligent qui se trouvait être noir. Les parents d'Aly et Vivi ne les avaient pas élevées avec des préjugés, mais leurs propres préjugés étaient profondément ancrés.

« Nous espérons toujours que toi et ta sœur pourrez descendre quelques jours pendant les fêtes. Ce serait tellement bien d'avoir tout le monde ici pour Noël ».

— On va devoir attendre et voir comment les choses se passent. Tu sais que l'emploi du temps de Vivi est très chargé pendant les fêtes et qu'il se passe toujours quelque chose à l'hôpital.

Heureusement, sa mère laissa passer cela et elles discutèrent encore pendant quelques minutes avant de se dire au revoir.

Et quand l'écran de son téléphone devint finalement noir, elle prit une grande inspiration et poussa un grand soupir. Elle avait l'impression d'avoir couru un marathon.

— Voilà pourquoi j'essaie de ne pas parler à maman plus de quelques minutes à la fois. Vivi secoua la tête, agitant sa fourchette comme une baguette. Hep, hep, hep, attends avant de partir. Qu'est-ce qu'elle a dit sur Julie ?

Aly grimaça.

— Qu'elle ne pensait pas que "ça" marcherait. Et je ne suis pas sûre, mais je pense que la seule raison pour laquelle elle a appelé était pour savoir quand nous allions descendre, pour que je puisse rencontrer un mec, l'épouser, et emménager là-bas.

Vivi roula des yeux.

— Oh, mon Dieu, j'arrive pas à croire qu'elle puisse encore penser pouvoir te faire faire ça. Dieu merci, ils ont abandonné, en ce qui me concerne. Je ne sais pas pourquoi tu ne leur dis pas que ça n'arrivera jamais.

Parce qu'elle n'était pas sûre de ne pas le faire. Ce qu'elle ne pouvait pas dire à sa sœur, bien sûr. Ça la ferait flipper et elle lui

dirait qu'elle ferait une énorme erreur. Ce qui serait probablement vrai.

Mais elle savait aussi que ses parents ne rajeunissaient pas
et qu'ils auraient besoin d'aide à un moment donné. Mais pour
cela elle devrait laisser Vivi toute seule ici.

« Aly ? »

— Hmm ?

Vivi soupira et secoua la tête.

— Tu dois arrêter de tout le temps penser aux autres et te
mettre en avant pour changer.

— Je ne sais pas de quoi tu parles.

— Tu parles ! Vivi la fixa. Tu penses sérieusement à déménager en Floride avec papa et maman ? Parce que si tu restes
indécise, maman va te tendre la perche et tu vas te retrouver en
Floride, mariée à un type nommé Tad, avec deux enfants, un
prêt que tu ne peux pas te permettre, et maman chez toi tous les
jours "juste pour t'aider un peu".

Aly dut réprimer un frisson à l'idée.

— Non, non. Du moins, pas maintenant. Elle soupira. OK,
peut-être que j'y ai pensé. Peut-être que j'ai l'impression d'être
dans une impasse ces derniers temps. J'ai le même travail depuis
cinq ans. Je vis toujours dans la maison où j'ai grandi. Hier soir,
c'était la première fois depuis des mois que j'avais un rendez-
vous tellement je suis ennuyeuse. Toutes mes amies sont
mariées ou vont se marier, et certaines ont des enfants ou ont
déménagé. Alors oui, j'y pense.

Les yeux de Vivi s'élargirent.

— Waouh ! Aly, je n'avais pas réalisé...

— Désolée. Aly secoua la tête en faisant des grimaces. Désolée, désolée, désolée. Je ne veux pas te faire subir ma frustration.
J'ai juste été... inquiète ces derniers temps.

— Ne sois pas désolée. Tu caches si bien les choses. Je n'ima-
ginais pas que tu étais si...

— Conne ?

La bouche de Vivi se tordit en un sourire triste.

— Tourmentée.

Tourmentée. Oui, c'était une bonne description.

Aly secoua la tête.

— Ne fais pas attention à moi. Syndrome prémenstruel. Ça va aller.

Le sourire de Vivi devint taquin.

— Je pense que tu as peut-être trouvé le remède pour ça. Tu peux régler certaines de tes frustrations avec Riley ce soir. Amuse-toi bien, sœurette. Essaie de ne pas t'inquiéter autant. Et mets le mec dans ton lit ce soir, pour l'amour de Dieu. Sérieux. Déshabille-toi et baise.

Est-ce qu'une nuit torride avec un mec canon était la réponse à tout ?

Est-ce que ça pouvait vraiment être si facile ?

<hr style="width:20%">

— Riley, mon chéri, comment vas-tu ? La saison se passe bien jusqu'à présent ?

— Salut, maman. Jusqu'ici, ça va bien, oui. Qu'est-ce que tu fais de beau ?

En se remettant dans la chaise longue, Riley enfourna son snack. L'entraînement n'avait pas été difficile, mais il avait besoin de faire le plein avant le match de ce soir.

— Oh, pas grand-chose. Elle fit une pause. Enfin, pas trop, en tout cas.

Riley posa la fourchette qui était à mi-chemin de sa bouche.

— Qu'est-ce qui ne va pas ?

— Rien. Une autre pause. Rien de grave, en tout cas. Oh, ton père a encore des problèmes avec sa jambe et je n'arrête pas de lui dire qu'il doit aller chez le médecin, mais tu le connais. J'ai pensé que tu pourrais lui parler, peut-être le convaincre qu'il doit se faire examiner. Tu sais que tu es le seul qu'il écoute. Quand je lui parle, ça rentre par une oreille et ça sort par l'autre. Je ne pense pas que ce soit grave, mais... J'aimerais bien que tu lui parles...

Riley ferma les yeux une seconde et prit une profonde inspiration. Être fils unique avait ses avantages, mais il avait été un bébé tardif. Ses parents avaient plus de quarante ans quand il était né.

Ils avaient donc presque soixante-dix ans à présent. Pas très vieux, mais plus enclins aux problèmes de santé, surtout l'année précédente, quand son père avait eu deux pneumonies et sa mère deux biopsies des seins. Aucune des deux n'avait révélé un cancer, mais quand même. Et bien sûr, tout cela s'était passé pendant la saison de hockey.

— As-tu réussi à faire venir Julie pour le voir ?

La voisine de ses parents était infirmière aux urgences et elle avait toujours été leur premier contact médical depuis aussi longtemps que Riley s'en souvienne.

— J'ai essayé. Il dit qu'il n'a pas besoin de lui parler parce qu'il va parfaitement bien. Ce qui me fait dire que non. Tu peux lui parler, Rye ? Je sais que tu as probablement un match ce soir, mais...

— Maman, ce n'est pas un problème. Où est-il ?

— Merci, mon chéri. Sa mère semblait si soulagée qu'il pressa ses doigts contre ses tempes, frottant la douleur qu'il sentait venir. Je vais lui apporter le téléphone.

Sa mère se tut et il entendit ses pas alors qu'elle montait à l'étage. Il savait qu'elle ne pouvait pas monter les escaliers et continuer à tenir une conversation parce que son équilibre n'était pas très bon. Un autre signe de son âge.

Posant son assiette sur la table devant lui, il prit une grande inspiration, essayant de ne pas laisser sa culpabilité profondément enfouie remonter davantage.

Il n'y avait aucune raison qu'il se sente coupable. Ses parents n'aimeraient pas qu'il se sente coupable. Ils n'avaient jamais joué cette carte avec lui, ils ne lui avaient jamais fait sentir qu'il leur devait quelque chose.

Et pourtant...

— Harry. Sa mère semblait essoufflée. Ton fils au téléphone.

— Rye, tout va bien ?

— Tout va bien, papa. Et toi, comment vas-tu ?

— Je vais bien, je vais bien. Comment va l'équipe ? J'ai vu que tu avais marqué trois points hier soir.

Riley secoua la tête. Le seul moyen pour qu'il soit au courant, c'était qu'il ait consulté Internet, ce que son père détestait, mais qu'il faisait pour suivre les scores de Riley.

Riley fit un résumé des deux derniers matchs à son père et lui donna un aperçu du match de ce soir. Son père n'avait jamais joué au-delà du niveau du club et ne comprenait pas vraiment l'amour dévorant de Riley pour le jeu. Mais il ne lui avait jamais dit d'abandonner le hockey et de trouver un vrai travail. Pas même lorsque Riley avait pris cette année de césure à l'université.

Enfin, la conversation se tarit et Riley saisit l'occasion.

— Alors, papa, qu'est-ce qui se passe avec ta jambe ?

— Rien du tout. Ta mère ne sait pas de quoi elle parle. Ma jambe va très bien.

— Non, ta jambe ne va pas bien. Riley entendit sa mère dans le fond. Raconte-lui l'autre jour, quand tu ne pouvais même pas te tenir debout.

— Elle était juste endormie, c'est tout. Il n'y a aucun problème.

À près de deux mille kilomètres de là, Riley passa les dix minutes suivantes à arbitrer la dispute de ses parents tout en essayant de comprendre si sa mère réagissait de façon excessive ou si son père minimisait la situation.

Le temps qu'il termine son appel, il avait convaincu son père de faire examiner ses jambes et dit à sa mère qu'il appellerait plus tard dans la semaine pour s'assurer que son père l'avait bien fait.

En posant son téléphone sur la table, il reprit son assiette, mais son appétit avait disparu.

Merde. Qu'est-ce qu'il était censé faire ? Il ne pouvait pas rentrer chez ses parents. Il avait un match ce soir et il avait besoin d'avoir la tête sur les épaules. Il avait déjà Aly là-dedans, qui malmenait sa concentration. Et maintenant ce truc avec ses parents.

Merde.

— Tout va bien, mec ?

Justin entra dans le salon, un sandwich dans une main et un verre de lait chocolaté dans l'autre.

— Ouais. C'est bon. C'est juste... mes parents.

— Ils sont malades ? Justin s'assit sur la chaise en face de lui en grignotant, inconscient du fait qu'il avait déjà un peu de mayonnaise sur son t-shirt.

— Non. Je ne sais pas. Riley haussa les épaules. Mon père a des problèmes avec sa jambe. Ma mère est inquiète. Et je ne suis pas là.

— Hé, mec. Ils étaient adultes avant ta naissance. Je pense qu'ils peuvent prendre soin d'eux-mêmes.

La simplicité de la déclaration de Justin fit réfléchir Riley. Puis il sourit en secouant la tête.

« Alors tu sors encore avec cette fille ce soir ? demanda Justin. Elle est super canon, mec. »

Avant que Riley ne puisse répondre, Justin continua. « Tu crois que le coach va changer de ligne ce soir ? Quelques-uns des gars en parlaient... Pourquoi tu ris ? »

Riley mit presque une minute à contenir son rire pendant que Justin le regardait comme s'il avait perdu la tête.

« Tu vas me dire pourquoi tu ris ? »

Riley secoua la tête.

— Mec, est-ce que ton cerveau s'éteint parfois ?

Justin haussa les épaules, pas du tout offensé.

— Non. Alors, tu la revois ?

— Oui, je la revois.

Et ce soir, il n'arrêterait pas avant qu'elle le lui demande.

— Hé, connard. Tu vas te retrouver sur le cul la prochaine fois, putain.

— Va te faire foutre ducon. Riley provoqua le joueur adverse alors qu'ils prenaient un virage. Essaie de ne pas t'astiquer sous la douche, merdeux. T'as sûrement pas envie que tout le monde voie ta toute petite bite.

Pendant une seconde, Riley crut qu'il avait réussi à énerver suffisamment le joueur adverse pour qu'il lui balance un autre coup, mais le juge de ligne tenait le gamin fermement par le bras et ils patinèrent vers le banc des pénalités avant que Riley ne puisse dire autre chose.

Probablement une bonne chose puisque les Redtails étaient en supériorité numérique et que Riley devait sortir de la glace.

Il restait onze minutes à la troisième période et les Redtails étaient menés d'un point. L'équipe de St. John's était super rapide, mais ses joueurs étaient jeunes et un peu indisciplinés. Ils avaient réussi à marquer deux buts en première période, mais ils avaient pris cinq pénalités, dont deux tirées par Riley.

Maintenant, les Redtails devaient capitaliser cela et égaliser le match. Ensuite, ils devaient se sortir la tête du cul et le gagner.

Ils avaient joué comme des merdes ce soir, leur première

ligne était lente et désynchronisée. La défense s'était effondrée plus de fois qu'il ne pouvait en compter et ils avaient la chance de ne perdre le match que d'un seul but.

— Bien joué, Hatch. Le coach le frappa dans le dos alors que Riley s'asseyait sur le banc, puis se déplaçait avec les autres gars pour faire de la place à la ligne suivante.

— Oui. Bon travail, Poussin. Jake se pencha et lui cogna l'épaule. Maintenant, si seulement on faisait en sorte que ça paye.

Leur équipe n'avait pas été très performante cette année. Ils avaient travaillé dur la semaine précédente, mais ils n'avaient toujours pas réussi à être soudés. Deux minutes plus tard, ils n'avaient toujours pas marqué et Riley retourna sur la glace pour prendre son poste.

Mais la glace ne bascula jamais en leur faveur et ils perdirent le match à deux contre un.

L'ambiance dans les vestiaires était feutrée. Après la victoire de la veille, ils s'attendaient à deux points supplémentaires. Se faire botter les fesses ce soir, c'était nul.

Et maintenant, il fallait qu'il arrête de se plaindre parce qu'il avait un rendez-vous.

Pendant une fraction de seconde, il envisagea d'envoyer un SMS à Aly pour annuler. Puis il réalisa que c'était une solution merdique et se mit sous la douche pour se vider la tête.

Lorsqu'il en sortit, il se sentait beaucoup mieux parce qu'il n'avait pas pu s'empêcher de penser à Aly.

Bon sang, il l'avait déjà à moitié dure et il ne l'avait même pas encore vue.

Et quand il sortit dans le hall et qu'il la vit, il eut une érection instantanée et le reste des déceptions de la nuit disparut.

Tout cela parce qu'elle lui avait souri.

Ce soir, il n'avait pas l'intention d'être sage. Ce soir, il avait l'intention d'être aussi vilain qu'il pouvait la convaincre de l'être.

— Salut.

Il dut presque se forcer pour l'entendre, même si l'ambiance dans le hall était assez calme alors que les gars quittaient le vestiaire et se dirigeaient vers le parking.

Il voulait l'attraper et répéter le baiser d'hier soir. Rien que d'y penser, ses muscles se tendirent sous l'impatience.

— Salut. On s'arrache ?

Son sourire s'estompa un peu et il se maudit d'avoir eu ce ton énervé.

Il était sur le point de s'excuser quand elle prit sa main et la serra.

— Bien sûr. C'était un match difficile ce soir.

— Ouais, on peut dire ça.

Ses dents se logèrent dans sa lèvre inférieure pendant une seconde avant qu'elle ne parle à nouveau.

— Est-ce que tu veux qu'on aille chez moi pour boire un verre au lieu d'aller quelque part ? Vivi travaille tard et...

— Oui, ce serait génial.

Son sourire se réchauffa à nouveau.

— Alors, allons-y.

Ils marchèrent en silence vers sa voiture dans le parking d'en face, la main dans la main. Il était venu avec Justin. S'il le fallait, il rentrerait chez lui en Uber. Il espérait ne pas en avoir besoin. Il espérait que son sourire était une invitation qu'il n'avait pas l'intention de refuser ce soir.

— Alors, tu as entraînement demain matin ?

— Pas le matin, non. On a une séance de patinage faculta-tive l'après-midi, je vais probablement y aller. On s'est fait botter les fesses ce soir. On a eu de la chance que le score ne soit pas de dix contre un.

— Ils avaient l'air d'être une équipe difficile.

— C'est l'une des pires de la ligue. Une bande de putains de gosses sans... merde, désolé, je ne veux pas te faire subir mon énervement.

Elle lui serra la main alors qu'ils atteignaient sa voiture, une sage berline grise à quatre portes qui serait un peu petite pour lui, mais il voulait bien souffrir pour elle.

Le parking était à présent en grande partie désert, les fans étant déjà sur le chemin du retour. Elle avait garé sa voiture dans un coin sombre, et d'un seul coup, il la fit reculer contre la portière, la bouche scellée sur la sienne.

Il n'avait pas voulu attendre une seconde de plus pour l'embrasser. Il ne pouvait pas attendre une seconde de plus pour l'embrasser.

Et lorsqu'elle enroula ses bras autour de sa taille et se pressa contre lui, il n'était pas sûr d'avoir le temps d'arriver chez elle avant de mettre sa main sous sa chemise pour toucher sa peau.

Bon sang, il se sentait comme un adolescent, tout en hormones et en désir. Mais, putain, elle était sexy et tout simplement là, avec lui.

Elle s'agrippa à lui, l'attira contre elle et lui montra à quel point elle le désirait. Une sacrée bonne chose, parce qu'il avait une douleur brûlante au plus profond de ses tripes qui s'intensifiait à chaque seconde qui passait.

Pour la première fois depuis des mois, voire des années, il se sentait désiré, non pas à cause de ce qu'il faisait, mais pour ce qu'il était.

Et c'était vraiment génial, non ?

Ses lèvres bougeaient avec les siennes, s'entrouvrant pour qu'il glisse sa langue dans sa bouche. Elle avait un goût chaud et sucré et lui donnait envie d'aspirer toute cette douceur dans son propre corps.

La réserve naturelle d'Aly fondit sous la chaleur de ce baiser et elle se blottit contre lui, son ventre se pressant encore plus contre sa queue.

Oh, putain oui.

Respirant plus fort, il l'embrassa plus profondément, plus intensément, voulant qu'elle soit aussi sauvage qu'il se sentait devenir. Il ne voulait pas être le seul à être hors de contrôle.

En glissant une main dans ses cheveux, il lui tira la tête en arrière et étala son autre main dans son dos. Elle n'irait nulle part sans son autorisation.

Cette pensée lui donna envie de grogner, de mettre ses mains sur son cul et de la soulever.

Il voulait lui enlever ses vêtements et...

Non, non pas ici.

Il s'écarta, la respiration haletante tout comme elle.

— Je pense que nous devrions probablement partir d'ici.

Elle hocha la tête, soupira et dit :

— Je pense que tu as raison. Tu as faim ? On pourrait...

— Ce n'est pas à de la nourriture que je pense.

Elle fit encore ce sourire, celui qui faisait se contracter tous les muscles de son corps.

— Alors je suppose qu'on ferait mieux de partir.

Il ne bougea pas pendant quelques secondes, passant ses doigts dans ses cheveux avant de la lâcher à contrecœur.

Mais il ne s'écarta pas, les yeux dans les siens. Il était comme hypnotisé par ce bleu si calme et si tranquille.

— Riley ?

Et sa voix... Bon sang, il pourrait l'écouter pendant des heures. De préférence pendant qu'elle crierait en jouissant.

Après quelques secondes, il fit un pas en arrière, juste assez pour qu'elle se glisse entre lui et la voiture et se dirige vers la portière du conducteur.

« Je suppose que tu ne veux pas parler du match », demanda-t-elle après qu'il se soit replié dans sa voiture.

Il haussa les épaules.

— Mauvaise soirée. Ce n'était pas la première. Ce ne sera pas la dernière.

Elle lui jeta un coup d'œil avant de mettre la voiture en marche et de les mettre sur la route.

— Tu sembles... avoir autre chose en tête.

— La seule chose à laquelle je pense en ce moment, c'est toi.

Ce qui était totalement vrai. Il repenserait au match demain. Ce soir, il voulait seulement penser à elle.

« Dis-moi ce que tu as fait aujourd'hui. »

Il voulait vraiment savoir. Il voulait tout savoir sur elle.

Son petit rire lui fit plein de trucs dingues à l'intérieur.

— Rien de bien intéressant j'en ai peur.

— Pourquoi ne pas me laisser juger par moi-même ?

— Franchement, j'ai cuisiné, j'ai fait le ménage... Je n'arrêtais pas de regarder la pendule pour savoir s'il était temps de partir pour le match.

Elle le regarda et sourit et il ne cessa de se dire qu'il ne pouvait pas la toucher. Parce que s'il le faisait, ils auraient un accident.

— Je suis content de voir que tu aimes le hockey.

— J'aime surtout te regarder.

Oh putain. Les choses qu'il voulait lui dire maintenant pourraient le faire arrêter dans certains États et impliqueraient certainement de mettre ses mains sur elle. Et là, ils auraient de vrais problèmes.

— Tu peux venir me regarder autant que tu veux.

— Je pense que j'aimerais te regarder patiner avec quelques vêtements en moins.

Elle le fit rire aux éclats.

— Tu es un peu plus coquine que tu en as l'air, non ?

— Je ne l'ai jamais été autant. Et je n'ai pas dit que je voulais te voir patiner tout nu. Ça pourrait être... dangereux.

Il haussa les épaules.

— Pas autant que tu pourrais le penser. Et tu serais proba-blement surprise d'apprendre que ce ne serait pas la première fois.

Elle secoua la tête, son rire doux lui donnant la chair de poule.

— Je pense que rien de ce que tu pourrais dire ne me surprendrait. J'ai l'impression que tu n'as jamais vraiment été un saint.

— Bah, pourquoi tu penses ça ?

Son sourire grandit à son ton taquin.

— Disons que tu embrasses comme si tu avais beaucoup d'entraînement.

Il se demandait si cela la rebutait. Elle ne semblait pas l'être, mais il n'avait toujours pas maîtrisé l'art de lire dans les pensées d'une femme. Ça n'arriverait probablement jamais.

— C'est un problème ?

Elle lui glissa un rapide coup d'œil en s'éloignant de la patinoire.

— Seulement si tu ne prévois pas de continuer à m'em-brasser.

— Tu n'as qu'à demander et je te donnerai tout ce que tu veux.

— Mieux vaut être prudente. Continue à me donner ce que je veux et je ne voudrai pas que tu t'arrêtes.

Pour l'instant, ce n'était pas un problème. En fait, il pensait que ça ne le serait jamais, ce qui était ridicule, car ils n'avaient eu qu'un seul rendez-vous. Il se pourrait qu'ils ne s'entendent pas du tout au lit. Ou bien, elle pourrait aimer les choux de Bruxelles, ce qui serait rédhibitoire. Elle pourrait en venir à détester le sport qu'il aimait. *Je connais le truc, j'ai vécu un divorce à cause de ça.*

— Chérie, je te donnerai autant que tu veux, aussi long-temps que tu le voudras.

Il pensait qu'elle rirait encore. C'était le but. Au lieu de cela, elle lui lança un autre de ces regards et un autre de ces sourires et il dut vraiment se retenir de l'embrasser.

Il savait depuis la veille qu'ils seraient chez elle dans quelques minutes et qu'il serait damné s'il faisait quoi que ce soit pour les ralentir. Mais, bon sang, si elle ne roulait pas plus vite, il allait mettre le pied sur l'accélérateur lui-même.

Il s'avéra qu'il n'eut pas à le faire. Elle appuya un peu sur le champignon et assez vite, elle s'arrêta devant sa maison.

La conversation avait cessé, mais l'impatience avait augmenté chaque seconde.

Il se retint encore pendant qu'elle garait la voiture dans la rue, mais il sauta du véhicule dès que la voiture s'arrêta de rouler et se dirigea vers la porte du conducteur.

Elle lui sourit alors qu'il lui tendait la main pour l'aider à sortir de la voiture. Et elle ne la lâcha pas alors qu'ils se dirigeaient vers la porte. Elle enserra ses doigts, s'approchant suffisamment pour qu'il sente sa poitrine frôler son bras.

Et bordel, qui aurait cru qu'un simple contact puisse produire de la chaleur dans tout son corps comme un feu instantané ?

S'il n'était pas prudent, il se taperait la honte avant même d'entrer dans la maison.

Il ne voulait pas renoncer à sa main, mais elle avait besoin des deux pour ouvrir la porte d'entrée. Il la libéra à contrecœur, mais dès qu'ils furent tous les deux à l'intérieur, il la prit par les épaules, la fit tourner et la poussa un peu contre la porte.

Il l'entendit retenir son souffle, mais il ne perçut aucune peur. Et quand il plongea son regard dans le sien, il ne vit que du désir.

Elle leva les mains sur ses épaules, les posa là et leur chaleur fut comme une allumette sur son désir déjà brûlant.

Sa tête appuya contre la porte et elle le regarda droit dans les yeux.

— Tu veux quelque chose à boire ?

Il secoua la tête, ses mains tombant sur sa taille, caressant la forme de ses hanches.

L'arcade blond foncé de ses sourcils se souleva d'un air coquin.

— Tu n'as pas soif ?

— Non.

— Quelque chose à manger ?

Il laissa ses lèvres remonter légèrement d'un côté et vit ses joues rougir légèrement quand il dit :

—Je n'ai pas faim... de nourriture.

Il sentit ses hanches se soulever sous ses mains et la fermeture de son jean frôler sa queue pendant une brève seconde avant qu'elle ne s'écarte.

— Tu veux regarder la télé ?

— Seulement si tu es devant en train de te déshabiller.

Elle cligna des yeux et il pensa qu'il avait peut-être été un peu trop loin. Puis elle éclata de rire.

Et là, une bonne baise contre la porte devint une possibilité très réelle.

Aly se rapprocha de lui, mit les mains sur sa mâchoire et l'attira vers le bas pour pouvoir l'embrasser.

La surprise le figea pendant environ une milliseconde. Puis il suivit le programme.

Il resserra sa prise sur ses hanches et la serra fort. Elle se plaqua contre lui sans hésitation, de la poitrine aux cuisses, ajoutant de l'huile sur le feu qui brûlait déjà dans son sang.

Elle enroula ses bras autour de son cou, colla ses lèvres aux siennes et ouvrit la bouche.

Le baiser passa de la braise à l'enfer en un clin d'œil et le cerveau de Riley effaça tout, sauf elle et son désir.

Alors que sa langue glissait le long de la sienne, il gémit lorsqu'elle lui rendit la caresse avec la sienne.

Oh Merde.

Son membre durcit avec une douleur lancinante, il ramena ses hanches contre les siennes et pressa son érection contre son pubis pour essayer d'apaiser son besoin. Elle gémissait dans sa bouche et frottait les hanches contre lui.

Ses lèvres douces et ouvertes sous les siennes, elle arqua le dos, pressant ses seins contre son torse alors qu'elle se soulevait sur la pointe des pieds. Ses doigts glissèrent dans les cheveux de Riley et tirèrent sur les mèches. Son cuir chevelu fit un peu mal, mais, bon sang, il aimait ça.

En appuyant plus fort ses lèvres, il laissa ses mains s'étaler sur ses hanches puis glisser vers son dos pour pouvoir la serrer encore plus fort. Mais il ne pensait pas pouvoir s'approcher suffisamment. Du moins, pas avec ses vêtements.

Et puisqu'elle semblait totalement d'accord avec le programme, il ne pensait pas qu'elle le repousserait s'il glissait sa main sous sa chemise pour atteindre sa peau nue. Parce que, bon sang, tout ce qu'il voulait faire maintenant, c'était la toucher.

En posant une main sur ses fesses, il laissa l'autre glisser sous l'ourlet et gémit quand ses doigts rencontrèrent sa peau toute chaude.

Si douce, bon sang.

Putain, ça allait vite dégénérer.

Il pensa à ralentir, mais elle griffa son cuir chevelu, en lançant des éclairs dans son tout corps et en éliminant toute idée de ralentissement.

Leurs langues s'entremêlant toujours il posa l'autre main sur son cul et la souleva du sol. Elle poussa un petit cri, mais enroula rapidement ses jambes autour de sa taille, sans jamais interrompre le baiser.

Putain, oui.

Il laissa leur langue s'emmêler pendant plusieurs minutes encore, aimant son goût et la sensation de son corps contre le sien. Elle était douce aux bons endroits et l'envie de voir ses mains toucher chaque centimètre de son corps s'était transformée en désir irrésistible.

Les mains dans ses cheveux et les jambes autour de sa taille, elle lui fit comprendre qu'elle était dans le même état.

Toute la frustration du match de ce soir alimentait son désir et le rendait encore plus brûlant, jusqu'à ce qu'il ne puisse plus supporter de n'avoir que ses mains et sa bouche sur elle.

En reculant, il voulut dire quelque chose, mais elle le suivit, les lèvres plaquées sur les siennes et les mains l'attirant vers elle. D'un gémissement, il la laissa lui dicter ses conditions puisqu'elle semblait avoir l'intention de l'embrasser encore et cela ne lui posait aucun problème.

Son enthousiasme rendait sa bite encore plus dure, et il espérait bien qu'il n'allait pas jouir dans son pantalon. Ce serait vraiment embarrassant, putain !

Mais bon sang, cette femme savait exactement quoi faire pour le rendre dingue. Sa langue glissait le long de la sienne avec tant d'érotisme taquin que tous les muscles de son corps se contractaient.

Cette fille avait peut-être l'air douce et innocente, mais ses baisers auraient pu faire fondre la pierre. Ou rendre la chair dure comme de la pierre, ce que sa bite faisait en ce moment. Une colonne de granit raide et palpitante.

Et maintenant, elle ondulait des hanches contre les siennes, pressant son pubis contre son érection et lui faisant voir des étoiles derrière ses paupières closes.

En tournant la tête pour pouvoir parler, il reprit son souffle alors que ses lèvres se pressaient contre sa joue jusqu'à ce qu'elle plante ses dents dans le lobe de son oreille.

— *Merde.* Aly, attends.

— Je ne peux pas, lui chuchota-t-elle à l'oreille. Tu te dégonfles ?

— Rien en moi ne se dégonfle en ce moment, chérie. J'ai juste besoin de t'entendre dire oui.

Son rire tendre dans son oreille le fit frissonner.

— J'imagine que le fait que je me mette pratiquement à me frotter contre toi en ce moment n'est pas un indice suffisant. Alors qu'il avalait pratiquement sa langue, elle lui lécha le lobe de l'oreille puis posa ses lèvres tout contre. « Oui. »

Il serra les bras autour d'elle et il eut une petite seconde pour dire "Accroche-toi" avant de se retourner et de se diriger vers le premier meuble qui semblait solide. Il avait cassé un bras de canapé une fois, l'ayant pratiquement arraché, avec une prof de yoga qui était la personne la plus souple qu'il ait jamais rencontrée.

Et il y avait la chaise que lui et une fan de hockey avaient cassée dans une chambre d'hôtel à... oh bon sang, on s'en foutait de l'endroit !

Tout ce qu'il voulait, c'était amener Aly sur le canapé.

Heureusement, il avait un bon angle de tir et quand il posa finalement ses fesses dessus, Aly était exactement là où il voulait qu'elle soit. Avec ses genoux écartés de chaque côté de ses hanches et les mains sur ses épaules. Il la maintenait là.

Non pas qu'elle semble vouloir aller ailleurs.

Elle lui prit le visage entre les mains et elle rapprocha leurs bouches pour un autre de ces baisers à couper le souffle.

Il eut une brève seconde pour se demander si c'était lui qui était séduit et non l'inverse. Puis il réalisa qu'il serait d'accord avec ça.

Mais seulement parce que c'était Aly.

Cela ne voulait pas dire qu'il allait rester immobile pendant qu'elle lui embrassait la mâchoire jusqu'au cou.

Et puis merde.

Il glissa les mains sous sa chemise, étendit ses doigts sur sa peau nue et laissa la chaleur de son corps s'infiltrer en lui.

Elle poussa un petit gémissement en se mettant à genoux, ses mains tirant sur ses cheveux jusqu'à ce qu'il obéisse et laisse sa tête retomber. Elle relâcha ses cheveux pour pouvoir glisser ses doigts à l'arrière de sa chemise.

Il portait une chemise habillée, mais n'avait pas pris la peine de mettre de cravate, les premiers boutons étaient donc déjà défaits. Elle en profita pour glisser ses mains autour de son cou et commença à faire glisser les boutons suivants hors de leurs trous.

Quand elle arriva presque au haut de son pantalon, elle se rassit et plongea ses yeux dans les siens. Le demi-sourire sur son visage lui rendait la respiration difficile.

— Je n'avais pas réalisé qu'il y aurait tant de couches. Elle inclina la tête, ses cheveux soyeux glissant sur son épaule. C'est une bonne chose que je finisse toujours ce que j'ai commencé.

Le ton rauque de sa voix lui envoya une pointe dans l'estomac, faisant contracter ses muscles alors qu'elle faisait glisser la chemise sur ses épaules puis le regardait, les sourcils levés.

Il savait ce qu'elle voulait et il se pencha en avant juste assez pour que la chemise descende jusqu'au bout de ses bras et passe ses poignets. Elle la laissa froissée derrière lui, immédiatement oubliée.

Elle sourit en contemplant son maillot de corps blanc. Il se dit qu'elle allait dire quelque chose sur le fait que c'était peu sexy quand les coins de sa bouche se relevèrent et qu'elle lui lança un regard qui le fit frissonner.

« Je vais te confier un petit secret. Elle passa ses doigts sous le col, frôlant à peine sa peau. Les femmes pensent que les mecs qui portent des sous-vêtements sont sexy. »

Souriant à sa voix amusée, il comprit qu'elle le taquinait.

— Ah oui ? Et pourquoi ça ?

— Eh bien, tu sais comme les mecs aiment les femmes en lingerie sexy ? Certaines femmes pensent que les hommes sont tout aussi sexy en t-shirts et en caleçons moulants. La façon dont ils collent à leurs muscles, et à autre chose... Elle passa ses doigts sur ses pectoraux et effleura à peine ses tétons. Ça me donne envie de passer mes mains le long du tissu et de sentir ce qu'il y a en dessous.

Sa bouche s'assécha à chaque mot, jusqu'à ce que ses poumons soient lourds et crispés. Il respira fort, le regard fixé sur le sien. Elle pourrait parler toute la nuit et il ne s'ennuierait jamais. Surtout si elle continuait à parler comme ça.

Elle continua à passer ses ongles le long du tissu sur ses tétons, les rendant durs et sensibles. Chaque frottement du tissu sur sa peau faisait gonfler et pulser son membre.

— Montrez-moi un type en caleçon moulant et ma culotte est mouillée.

Putain. Cette fille était encore plus douée que lui pour les mots coquins.

Comment diable avait-il eu cette putain de chance ? Il était temps d'entrer dans la danse.

— Alors je suppose que tu veux aussi enlever mon pantalon ? Parce que, il faut que je te dise, je pense que tu vas aimer ce que tu vas trouver.

Heureusement pour lui, il portait surtout des boxers, bien qu'il ait quelques paires de slips blancs dans ses tiroirs.

Le sourire d'Aly s'élargit alors que ses doigts continuaient à descendre le long de sa poitrine, sur son ventre, s'arrêtant juste avant sa ceinture, où sa bite appuyait sur la fermeture Éclair avec une force toujours croissante.

— Je ne suis pas encore sûre d'être prête pour l'inauguration.

Ses doigts firent de cette déclaration un mensonge alors qu'elle bougeait suffisamment sa main pour que ses ongles frôlent la fermeture Éclair du pantalon.

— Alors peut-être que tu as besoin de faire une petite pause et de me laisser t'aider à enlever quelques-uns de tes vêtements ? Peut-être que je veux voir ce que tu caches, toi aussi ? Du coton ? De la soie ? Un string ? Une culotte de grand-mère ?

Elle pouffa et son rire enflamma ses terminaisons nerveuses.

— Tu n'as pas de chance si tu es excité par les culottes de grand-mère.

— Bon, tant pis, la prochaine fois peut-être ?

Ses doigts frôlèrent encore son ventre.

— Peut-être qu'on devrait se concentrer sur cette première fois ?

— Je suis un gars qui aime planifier.

— Et qu'est-ce que tu planifies exactement maintenant ?

— Comment je peux t'amener à descendre ma braguette.

Elle releva les yeux sur lui et, bien que son sourire ne soit plus aussi large, il était infiniment plus sexy et promettait des choses dont il ne pouvait que rêver.

— Je crois que le mot magique est "s'il te plaît".

Levant les mains pour lui prendre le visage, il la rapprocha de lui. Leurs lèvres n'étaient plus qu'à un cheveu de distance, il murmura "S'il te plaît" et regarda ses cils battre avant de sceller leurs lèvres l'une contre l'autre et de l'embrasser comme s'il avait besoin d'elle pour respirer.

Les paumes de ses mains se pressèrent contre sa poitrine lorsqu'elle ouvrit la bouche et emmêla sa langue avec la sienne, la léchant et la suçant et lui donnant tout ce qu'il voulait et plus encore.

Il faillit ne pas remarquer que ses mains se déplaçaient le long de son corps lorsqu'elle se souleva légèrement sur les genoux. Mais lorsque ses doigts dansèrent le long de sa ceinture, il gémit et ses mains tombèrent sur sa taille et essayèrent de la rapprocher.

Elle résista, probablement parce que ses mains s'activaient sur sa ceinture. Il la relâcha un peu et lui laissa de l'aisance pour le faire. Il mentirait s'il disait qu'il n'appréciait pas la façon dont elle prenait son temps.

Il avait toujours été du genre à se satisfaire rapidement. Il aimait le hockey pour sa vitesse, il tirait une certaine euphorie dans l'urgence.

Il ressentait le même frisson en voyant Aly dérouler sa ceinture avec une lenteur à couper le souffle. Tendu, des épaules aux mollets, il essayait de relâcher ses muscles. Mais lorsqu'elle défit la ceinture et que ses doigts appuyèrent sur son abdomen pour libérer le bouton, il l'attira plus près.

Le coin de ses lèvres se releva contre les siennes et elle recula juste assez pour parler.

— Je commence à penser que vous n'avez pas de patience, M. Hatch.

— Je commence à penser que vous aimez me torturer, Mlle Martin.

— C'est de la torture ?

— Putain, oui, c'est de la torture. Une torture agréable.

Elle rit.

— Contente d'entendre que tu aimes ça.

— Je prendrais bien plus de plaisir si tes mains se retrouvaient dans mon pantalon.

— J'y arrive. Tu es toujours si pressé ?

Parce que c'est exactement ce à quoi il pensait depuis quelques secondes, il fit courir ses mains le long de ses hanches puis ses flancs et juste sous ses bras, ses pouces effleurant à peine le bout de ses seins.

Il l'entendit inspirer rapidement et sentit un frisson sous ses mains, le rendant d'autant plus avide de contact peau contre peau.

— Parfois, la rapidité est une bonne chose. On ne peut pas reprendre son souffle, ton adrénaline monte et tout est hypersensible.

— Tu parles de sexe ou de hockey ?

Elle avait vraiment du mal à respirer maintenant et il serra les lèvres.

— Les deux. Le hockey est bien meilleur quand le rythme est rapide. Ça permet de bien faire circuler le sang et de garder son attention. Le sexe rapide peut être époustouflant. Mais je ne parle pas du gars qui tire en cinq secondes et de la fille qu'il laisse en plan.

Aly fit sauter le bouton de son pantalon, mais elle ne toucha pas à sa fermeture Éclair.

— J'espère bien.

— Non, je parle de t'exciter tellement en quelques minutes que dès que je mettrai ma bite en toi et que je commencerai à remuer tu jouiras alors que je commencerai à peine à prendre du plaisir. Tu jouiras si fort que tu ne pourras plus respirer, que tes muscles ne fonctionneront plus et que ton cerveau sera vide.

Il pouvait à peine contrôler sa propre respiration en ce moment, tellement excité par la femme dans ses bras et les images dans sa tête. Des images qu'il avait l'intention de remplacer par la réalité.

Elle inspira profondément et il jeta un coup d'œil vers le bas pour voir ses doigts tremblant au-dessus de sa fermeture Éclair.

— Allez, mon amour. Il se pencha en avant et scella leurs lèvres l'une contre l'autre. Éclatons-nous aussi vite que possible et je te promets de prendre mon temps au deuxième tour.

Elle garda les doigts en l'air en secouant la tête.

— Je ne sais pas, Riley. Peut-être que ça m'amuse de te tourmenter ?

— Pense à quel point tu vas mieux t'amuser à chevaucher ma bite.

Il ne savait pas si c'était l'image qu'il avait plantée dans sa tête ou si elle avait simplement pitié de lui, mais une seconde plus tard, elle saisit la languette de sa fermeture Éclair avec des doigts déterminés et commença à la tirer vers le bas.

Déjà en train de battre vite, son cœur s'emballa quand elle libéra sa queue. La tête penchée, elle plongea la main dans son pantalon et empoigna son érection à travers ses sous-vêtements.

Bon Dieu. La sensation traversa son membre jusqu'à ses couilles et sa colonne vertébrale. S'il ne faisait pas attention, il jouirait dans ses mains.

Et ce serait affreusement embarrassant.

Mais il ne voulait pas qu'elle s'arrête, alors qu'elle passait les doigts sur son gland puis dans l'élastique de son boxer.

— Lève-toi.

Il obéit immédiatement, prêt à lui donner tout ce qu'elle voulait.

Sa bouche s'incurva dans un autre de ces sourires qui faisaient bouillonner son sang comme de la lave.

« Tu es si docile. »

— Chérie, continue à me caresser comme ça et je ferai tout ce que tu veux. Vas-y, demande-moi de braquer une banque pour toi.

Son rire lui frôla la peau, lui donnant encore plus la chair de poule.

— Pourquoi ne pas commencer par enlever ton t-shirt ?

Il se pencha en avant, mit une main derrière son cou et tira le t-shirt par-dessus sa tête. Après l'avoir jeté sur le côté, il vit qu'elle le fixait intensément.

— Qu'est-ce qui ne va pas ?

Elle secoua la tête, son regard errant sous son menton.

— Pas une seule chose.

En riant, il s'appuya sur le dossier.

— Ouf, j'ai eu peur.

Soulevant sa main, elle posa son index droit sur son épaule, son ongle s'enfonçant doucement dans sa peau.

— Pas d'inquiétude. Maintenant, je voudrais que tu enlèves ce pantalon.

— Cela veut dire que tu vas devoir bouger.

— Je suis sûre que tu peux trouver une solution. Allez, Riley. Montre-moi comment tu manœuvres dans peu de place.

Putain de merde. Quand elle lui souriait comme ça, il s'attendait presque à voir des flammes s'allumer entre eux.

— Vos souhaits sont des ordres.

Elle rougit violemment et ce fut au tour de Riley de sourire quand il passa ses mains entre eux. Il frôla délibérément la fermeture Éclair de son jean et eut la satisfaction de l'entendre retenir son souffle. Aly posa les mains sur ses épaules et se crispa, le bout de ses doigts s'enfonçant dans sa peau assez fort pour laisser des marques.

Elles se mêleraient à tous les autres bleus sur son corps, mais il s'amusait tellement plus à recevoir celles-ci.

En allant aussi lentement que possible, il fit glisser les mains entre leurs corps, s'assurant d'établir le plus de contact possible.

Lorsqu'il atteignit sa ceinture, il glissa les mains entre ses jambes, pressant la couture de son jean contre son pubis. Sa poitrine se soulevait et retombait à un rythme de plus en plus rapide, correspondant presque au sien.

Les pouces sur les côtés, il tira sur son pantalon. Heureusement pour lui, il n'était pas très serré. S'il avait dû batailler il aurait peut-être mis juste assez de pression sur sa bite, dure comme le roc, pour déclencher son orgasme.

Mais à cause de sa position directement au-dessus de lui, il dut soulever les hanches pour passer les fesses, ce qui fit frotter son sexe entre les jambes d'Aly, exactement là où il allait bientôt se trouver.

En s'assurant d'enlever ses sous-vêtements avec son pantalon, il les fit descendre juste assez loin pour exposer sa queue qui était si dressée qu'elle appuyait pratiquement sur son ventre.

Aly baissa les yeux pour regarder, et quand la pointe de sa langue lécha ses lèvres, il gémit. Penché en avant, il lui prit les deux joues et l'approcha pour pouvoir l'embrasser et laisser sa langue glisser sur ses lèvres.

Elle le prit au dépourvu lorsqu'elle aspira le bout de sa langue dans sa bouche et le suça.

Cette sensation lui fit penser à elle en train de le sucer exactement de la même manière, mais plus bas.

Merde, merde, merde ! Concentre-toi, connard, ou tu vas tout lâcher.

Il voulait le faire en elle, pas sur son ventre comme un puceau.

Mais quand elle abaissa une main pour l'enrouler autour de son érection, tous les paris furent ouverts.

Enfonçant ses doigts dans ses cheveux, il la tenait fermement et ouvrit sa bouche sur la sienne, la dévorant avec un appétit qu'il ne pouvait presque pas contrôler. Il se souleva dans la précipitation, un raz-de-marée de chaleur inondant son corps et libérant les chaînes qu'il avait essayé de ne pas rompre.

Aly semblait avoir atteint le même point de rupture. Elle gémissait fort, sa main se serrant autour de sa queue jusqu'à ce qu'il pense devoir lui dire d'arrêter. Une seconde plus tard, elle relâcha sa prise. Mais cela ne fit que lui donner envie qu'elle continue.

Il s'activa sur la braguette d'Aly, en défaisant le bouton et en tirant sur la fermeture Éclair. Mais elle allait devoir bouger s'il voulait enlever son jean.

Il la saisit par les hanches, la souleva et la fit rouler sur le côté.

Surprise par ce mouvement soudain, elle s'étala sur le dos, clignant de ses grands yeux alors qu'il se mettait à genoux pour la surplomber.

Sans le lâcher des yeux, elle s'appuya sur les coudes tandis qu'il attrapait son jean et le faisait glisser le long de ses jambes.

Malheureusement, il était un peu plus serré qu'il l'avait pensé et elle glissa avec. Elle commença à rire, sa tête tombant en arrière, étalant tous ces cheveux blonds sur les coussins.

Avec un grognement pour couvrir son propre rire, il tira de nouveau sur le jean et fut récompensé quand elle leva les fesses et que le jean mit à nu quelques centimètres de chair.

Il la regarda dans ses yeux brillants cause du rire. Il aimait son rire, mais en quelques secondes, il allait la faire crier.

— Si je dois l'enlever avec les dents, elles vont tomber.

— Et si tu utilisais tes dents ailleurs et que je me débarrassais du pantalon ?

Ce fut son tour de sourire.

— J'aime ta façon de penser. Mais tu te débarrasses du pantalon d'abord. Je sais où je veux poser mes dents.

Elle déglutit et se pencha en arrière, les mains s'activant sur son jean jusqu'à ce qu'il soit autour de ses chevilles. Il prit alors le relais, le lui arracha et la laissa nue jusqu'à la taille.

— La chemise aussi, mon amour. Je vais m'occuper du haut.

— Pourquoi pas du bas ?

— Parce que si j'approche ma bite de ta chatte maintenant, je retrouverai mes quatorze ans et je jouirai avant de te pénétrer.

Elle battit des paupières, inspirant d'un coup. Merde, il fallait qu'il surveille ses paroles...

Son sourire réapparut et une lumière maléfique brilla dans

ses yeux. Peut-être que ce numéro de fille sage n'était qu'une façade.

Il était temps de tester cette théorie.

En se tortillant, il ramena ses genoux sur le coussin pour s'agenouiller entre ses jambes. Il posa ses mains sur le bras du canapé, juste au-dessus de sa tête, puis se pencha. Le regard d'Aly se porta sur ses bras puissants pendant quelques secondes avant qu'elle ne déglutisse et relève les yeux.

Le désir s'intensifia dans ses yeux.

— Un préservatif ? demanda-t-elle.

— Portefeuille. Poche arrière.

Soulevant légèrement le dos, elle tendit le bras derrière lui, sa main frôlant son cul nu, accidentellement ou non, et provoquant une chaleur encore plus forte.

Il grogna alors qu'elle prenait son temps pour sortir son portefeuille pendant que ses doigts dansaient sur sa peau. Ces quelques secondes semblaient être des heures et passèrent bien trop vite.

Sa respiration commença à ressembler à celle d'un train de marchandises. Sa queue était aussi rigide que de l'acier et il dut réprimer son désir s'il voulait que cela dure plus d'une minute.

Quelque chose qu'elle ne lui pardonnerait pas, semblait-il.

Le préservatif dans une main, elle le caressa légèrement, du bout des doigts, avec sa main libre.

Putain, c'était incroyable. Ses couilles se contractèrent et sa queue tressauta.

— Mets-le et enlève ta chemise. J'ai besoin de sentir ta peau contre la mienne, dit-il.

Un autre sourire avant qu'elle ne le prenne et ne déroule le préservatif sur toute sa longueur.

En serrant les dents, il la laissa s'attarder, mais dès que ses mains s'éloignèrent, il s'assit sur ses talons et tira la chemise d'Aly vers le haut et au-dessus de sa tête. Dieu merci, elle était large et ne lui causa aucun souci. Sinon, il l'aurait déchirée, sans mentir.

Mais maintenant qu'il l'avait nue devant lui, il ne pouvait plus attendre.

Il mit sa main sur son pubis, glissant ses doigts entre ses lèvres lisses pour s'assurer qu'elle était prête avant d'en glisser un à l'intérieur et d'appuyer sur son clitoris avec sa paume.

Elle gémit et saisit ses avant-bras.

« Tu veux que j'arrête ? » lui demanda-t-il.

— Mon Dieu, non. N'arrête surtout pas !

C'était tout ce qu'il avait besoin d'entendre. Il ajouta un deuxième doigt et commença à la baiser avec, en maintenant la pression sur son clitoris et en la regardant attentivement.

À chaque petit mouvement de son corps, chaque bruit, chaque souffle, chaque fois que ses doigts s'enfonçaient dans ses biceps, il avait l'intention de la faire jouir au moins une fois avant de la pénétrer.

— Putain, t'es vraiment adorable.

Ses seins nus étaient magnifiques, les tétons rose pâle, et avant de savoir ce qu'il faisait, il se pencha et posa ses lèvres sur l'un d'eux, en aspirant le bout et en le suçant.

Elle ferma les yeux et releva la tête en gémissant, tout en ondulant contre lui.

Ses doigts étant toujours occupés entre ses jambes, il passa à l'autre sein, en suçant encore plus fort cette fois, comme s'il essayait de la faire jouir de sa seule bouche sur ses seins.

La prochaine fois, il en ferait un objectif. Pour l'instant, il ne pouvait pas attendre plus longtemps.

Il l'embrassa entre les seins jusqu'à son ventre, lui saisit les genoux et lui écarta les jambes. Ses ongles griffèrent encore plus profondément ses biceps alors qu'il guidait sa bite entre ses plis et commençait à pousser vers l'avant.

Putain. Elle était étroite, chaude et mouillée. Et bon sang, il voulait s'enfoncer le plus profondément possible en elle avant de se retirer et de s'enfoncer à nouveau.

« Mets tes jambes autour de ma taille, trésor. Ne me lâche pas. »

Elle répondit immédiatement, ses jambes s'accrochant à ses hanches, bloquant les chevilles derrière son dos. Elle s'accrocha autour de son cou et ramena sa bouche contre la sienne.

Sa bite étant enfouie au fond d'elle, sa langue s'enfonça dans sa bouche, glissant contre la sienne et les soudant l'un à l'autre.

Mienne. Elle est à moi. Rien qu'à moi.

Cette idée ne lui ressemblait pas. Il n'était pas ce genre de mec, pas un connard avec un complexe de Tarzan. Mais cette femme le rendait fou, putain.

Il donna des coups de reins plus rudes même s'il essayait de ralentir, d'user d'un peu de finesse, de ne pas se comporter comme un taureau en rut.

Le problème, c'est que cela ne semblait pas la déranger. En fait, elle semblait vouloir qu'il aille encore plus vite et encore plus fort.

Elle soulevait ses hanches à chaque poussée, pressait ses lèvres contre les siennes et brouillait tous les neurones en activité dans sa tête.

Un plaisir intense inondait son corps et ses hanches s'activèrent, sa queue raide comme du fer et si sensible qu'il se demanda s'il n'allait pas jouir à la seconde.

Heureusement, il ne le fit pas. Il réussit à tenir encore quelques minutes, jusqu'à ce qu'il la sente se resserrer autour de lui, puis gémir quand elle jouit.

Gémissant à son tour, il jouit et l'attrapa par les épaules, s'accrochant à elle.

Il ne pensait pas qu'il allait lâcher prise de sitôt.

Le cerveau encore embrouillé par l'incroyable orgasme que Riley venait de lui procurer, Aly inspira profondément, essayant de calmer son cœur qui s'emballait.

Elle n'y arrivait pas vraiment.

Bon sang, qu'est-ce qui venait de se passer ?

OK, question stupide. Elle savait exactement ce qui s'était passé. Elle n'était simplement pas sûre de pouvoir s'en remettre tout de suite.

Ce qu'elle savait maintenant, c'est qu'elle ne voulait pas bouger, ne voulait pas réfléchir. Elle voulait seulement ressentir.

Riley était grand et lourd, et même s'il s'était déplacé en partie sur le côté, il réussissait quand même à l'étouffer presque et à occuper plus de la moitié du canapé.

Elle aimait ça aussi. À tel point que son cerveau n'arrêtait pas de lancer des signaux d'alarme, mais ils n'avaient aucun sens, car son corps flottait toujours sur un nuage d'adrénaline et de plaisir.

Et chaque seconde où Riley continuait à respirer fort dans son oreille, elle était de plus en plus dans tous ses états.

Ce n'était pas censé se passer comme ça. Elle était censée être détendue, toute molle, et flotter sur une mer de félicité et de satisfaction.

Au lieu de cela, son cerveau n'arrêtait pas de fonctionner.

Elle avait encore envie de lui, elle voulait qu'il l'embrasse comme auparavant, comme s'il voulait la dévorer. Elle voulait qu'il mette ses mains partout sur elle, qu'il lui prenne les seins et lui pince les tétons, puis qu'il laisse ses doigts traîner le long de son corps jusqu'entre ses jambes et joue avec son clitoris, qui battait encore.

Comment pouvait-elle le désirer à nouveau, si rapidement ? Comment...

Il remua contre elle et elle s'accrocha automatiquement à ses épaules. Il n'alla pas bien loin, il déplaça juste leur corps pour qu'elle soit plus couchée sur lui que sous lui et qu'elle puisse respirer plus facilement.

Du moins en théorie. En réalité, elle avait encore du mal à reprendre son souffle, car à chaque fois qu'elle respirait, elle ne sentait que lui.

Une odeur musquée, masculine, mais propre. L'aphrodisiaque le plus puissant qu'elle ait jamais rencontré.

Fais attention ! Cela ne te ressemble pas. On ne tombe pas amoureuse de ce genre de gars.

Ce n'était pas raisonnable. Ça ne lui ressemblait pas du tout.

Mais quand les grandes mains rugueuses de Riley commencèrent à lui caresser le dos, elle ne put que penser à ce que ses mains lui faisaient ressentir. Protégée. Voulue. Désirée.

Beaucoup trop vite.

— Aly ? Tout va bien ?

Et cette voix. Oh, mon Dieu, elle voulait qu'il continue à parler avec ce ton rauque si près de son oreille. Elle voulait se blottir contre lui comme s'il était son ours en peluche personnel et qu'il lui fasse l'amour toute la nuit.

Elle voulait recommencer tout de suite. Elle se demandait s'il voulait la même chose.

Mon Dieu, s'il vous plaît, faites qu'il veuille la même chose.

« Aly, chérie. Qu'est-ce que... »

— Oui, ça va. Elle s'agrippa à lui involontairement, comme si elle avait peur qu'il se lève et parte. J'essaie juste... de m'en remettre.

Il éclata de rire et se rapprocha.

— Oui, je sais... c'était génial, putain... bon sang. On remet ça ?

Oui. Oh mon Dieu, s'il vous plaît, oui.

Elle laissa presque une main commencer à glisser vers le bas pour voir si elle pouvait le caresser, puis s'arrêta quand elle réalisa ce qu'elle faisait.

Non. Non, non, non. Elle ne devrait pas essayer de le faire rester. Elle devrait le faire partir en vitesse. Même si elle voulait qu'il reste.

Et pourquoi voudrais-tu qu'il rentre chez lui ? Tu es folle ? C'est le gars que tu attendais.

Merde, elle devenait folle. Il lui avait fait un lavage de cerveau, l'avait ensorcelée pour qu'elle fasse ce qu'il voulait.

— Tu n'as pas d'entraînement demain ?

Il soupira.

— Si, mais une nuit blanche ne va pas me tuer. Bien sûr, après quelques-unes comme ça, je pourrais ne plus pouvoir bouger. Mais ça en vaudrait la peine.

Mettant ses mains puissantes contre son dos et la serrant plus fort, il posa un baiser sur sa tête, la faisant fondre encore plus. Et sa réaction de panique se manifesta à nouveau.

Elle voulait lui demander de rester, mais elle savait qu'elle n'était pas prête pour cela. Elle ne savait pas combien de temps il lui faudrait pour ça.

Sauf que... elle voulait vraiment qu'il reste.

« Hé, mon amour, tu es sûre que ça va ? Tu es bien... silencieuse. »

Elle hocha la tête, mais elle ne pouvait pas se forcer à rencontrer son regard et lui mentir en face.

— ça va. Je suis juste fatiguée.

Elle retint son souffle et espéra qu'il saisisse l'allusion. Pendant quelques secondes, elle n'était pas sûre qu'il le fasse. Elle pensait qu'elle allait devoir lui demander de partir et que cela aurait pu la rendre folle parce qu'elle ne voulait pas vraiment qu'il parte.

Reprends-toi, idiote. Il doit partir avant que tu ne le supplies de rester.

Alors elle attendit, sans plus rien dire. Finalement, il sembla avoir compris l'allusion.

— Eh bien alors, je suppose que je ferais mieux d'y aller et de te laisser dormir.

Elle essaya de ne pas s'accrocher à lui alors qu'il se glissait vers le bord du canapé. Mais il s'était arrangé pour qu'ils soient face à face. Elle ne pouvait pas éviter de le regarder dans les yeux, et quand elle le fit, elle était certaine qu'elle allait le supplier de rester.

Elle réussit à peine à se taire, mais seulement jusqu'à ce qu'il se penche en avant et l'embrasse. Et lorsqu'il glissa sa langue contre ses lèvres, elle ouvrit immédiatement la bouche.

Il fit un bruit profond dans sa gorge, un bruit qui fit que son sexe se contracta et qu'elle le supplia de lui donner tout ce qu'il voulait pour le remplir. Les doigts, la langue, la queue.

Frissonnante, elle laissa ses bras s'enrouler autour de ses épaules, pressant sa chair nue contre la sienne et sentant sa résolution de le renvoyer diminuer à petit feu. Elle était sur le point de faire glisser ses mains jusqu'à ses fesses en passant par son dos lorsqu'il la relâcha et fit basculer ses jambes sur le côté du canapé pour poser les pieds au sol.

— J'ai adoré passer du temps avec toi. Il se retourna pour la regarder, enfonçant de longs doigts dans ses cheveux foncés et un peu trop longs qui tombaient dans ses yeux noisette. La poitrine d'Aly se resserra. Alors, demain soir. Tu es libre ?

Elle cligna des yeux quand il se mit debout et qu'elle vit son cul parfait, et elle dut prendre quelques secondes pour réfléchir à ce qu'il avait dit avant de pouvoir formuler une réponse.

— Oui.

Quand il remonta son pantalon, elle faillit avaler sa langue. Elle le regarda rentrer sa bite dans son jean, mais sans remonter la fermeture.

Il tourna la tête vers elle.

— Salle de bain ?

Elle dut respirer avant de pouvoir répondre.

— Euh, oui. Elle lui montra une petite porte sur le côté de la pièce. Juste là.

Elle observa le jeu des muscles de son dos et de sa poitrine alors qu'il marchait vers la salle de bain et resta assise pendant plusieurs secondes en attendant qu'il revienne avant de réaliser qu'elle était nue. Elle passa sa chemise par-dessus la tête au moment où il sortait pour prendre son t-shirt et sa chemise.

En les enfilant, il se retourna pour lui sourire. Et son cœur se mit à battre au rythme d'une crise cardiaque.

Ce n'était pas juste. Et très dangereux.

— Tu veux qu'on dîne ensemble demain soir après le match ?

Oui, elle voulait. Vraiment beaucoup. Elle voulait faire tout ce qu'il voulait.

Ce qui fit que les mots restèrent en travers de sa gorge. Elle n'était pas ce genre de filles, celles qui envoyaient tout valser pour un type qu'elles venaient de rencontrer. Mais elle voulait quand même le revoir.

— Ouais... super.

Comment arrivait-il à la faire se sentir essoufflée, étourdie et paralysée en même temps ?

Soit il ignora sa légère hésitation, soit il ne l'entendit tout simplement pas. Son sourire s'élargit.

— Je t'appellerai après l'entraînement.

Riley posa ses mains sur le dossier du canapé, de chaque côté de ses épaules, et se pencha vers elle.

Aly se prépara à recevoir un autre de ses baisers étourdissants, mais il posa les lèvres sur son cou à la place. Il lui pinça un peu la peau, la faisant frissonner de tout son corps. Elle posa les mains sur ses hanches, ne sachant pas trop si elle voulait le rapprocher ou l'éloigner.

Quand il commença à s'éloigner, elle ne voulait presque

plus le laisser partir. Elle dut même se forcer à le libérer pour qu'il puisse se lever.

« On se voit après le match. Le palet tombe à cinq heures. Le match devrait être terminé à huit heures ».

— OK.

À mi-chemin vers la porte, il se tourna pour la regarder.

— J'ai passé un super bon moment avec toi, Aly. Je pense... Il s'arrêta, sembla hésiter puis sourit. Et ne dit pas du tout ce qu'il avait en tête. À demain.

Puis il se dirigea vers la porte et sortit, la fermant doucement derrière lui.

Elle resta assise là une minute entière à fixer la porte, son jean à la main, le cul nu sur le canapé.

Bordel de merde.

Elle avait l'impression d'avoir été écrasée par un rouleau compresseur.

Ce n'était pas bon, hein ?

Tu pourrais vraiment tomber amoureux aussi vite ?

Non. Absolument pas. Il ne s'agissait pas du tout de ça.

Elle n'était pas amoureuse de Riley. Elle le désirait, oui. Qui ne le ferait pas ? L'homme était digne d'adoration.

Mais ce n'était pas un homme dont on tombait amoureuse. Pas si on voulait deux enfants et demi, une clôture et une maison en banlieue.

Tout ce qu'elle avait toujours voulu.

Quand elle était enfant, ses parents avaient toujours été en mouvement à cause du travail de son père dans le contrôle qualité pour une entreprise chimique qui avait des usines dans toute l'Amérique du Nord. Cette maison était la seule où ils avaient vécu plus de quatre ans, et ce n'est qu'ensuite que son père s'était épuisé et que les responsables de l'entreprise avaient insisté pour qu'il prenne un emploi de bureau.

Aly avait détesté déménager tous les deux ans. Elle ne se

faisait pas d'amis aussi facilement que Vivi et elle aimait tout dans cette maison, c'est pourquoi elle avait sauté sur l'occasion de continuer à vivre ici lorsque ses parents avaient déménagé en Floride.

Riley avait le genre de vie qu'Aly ne voulait plus jamais vivre. Il pourrait être en déplacement le mois suivant, la semaine suivante. Il pourrait être appelé à jouer à Philadelphie le lendemain.

Ce n'était certainement pas un homme avec lequel elle voulait trop s'impliquer.

CHAPITRE QUATRE

Riley poussa doucement la porte de son appartement.

Le propriétaire n'avait toujours pas réparé les charnières grinçantes et il ne voulait pas réveiller Justin. Il était presque deux heures du matin et son colocataire devait probablement dormir.

— Je suppose que ton rencard s'est bien passé.

Justin lui souriait depuis le canapé, une bière dans une main et une manette de jeu dans l'autre.

Riley lui fit un doigt d'honneur avant d'aller prendre une bière dans la cuisine.

— Encore debout en train de jouer avec ton manche je vois.

Riley s'enfonça à l'autre bout du canapé.

— Oh ça va ! C'est pas sympa de t'en prendre à ceux qui sont moins chanceux avec les filles. Je suppose que d'après ton sourire, tu as passé un bon moment.

Riley enfonça son coude dans les côtes de Justin.

— T'es qui toi ? Ma mère ?

— Non, juste un gars qui n'a pas baisé depuis trois mois.

— Ashley est toujours en colère contre toi, hein ?

Justin fit la grimace en entendant le nom de sa petite amie

de longue date qui vivait toujours dans leur ville natale de Kanata, près d'Ottawa.

— Ouais. Elle n'arrête pas de me répéter d'accepter cette proposition à Toronto. Et je n'arrête pas de lui dire que c'est la pire équipe de la ligue. Pourquoi je voudrais y aller alors que je peux jouer pour les foutus défenseurs de la Coupe ? On pourrait croire qu'elle ne sait pas que je joue au hockey, putain. Et puis merde... Maintenant... raconte tout à Papa J sur ton rencard de ce soir.

Justin lui fit un sourire idiot et Riley ne put s'empêcher de rire.

— T'es un putain de malade, tu le sais, ça ?

— Ouais, mais je sais que t'as envie de tout déballer.

Riley prit une gorgée de sa bière et secoua la tête, toujours en souriant.

— Non, pas du tout. On n'entendra que ça dans les vestiaires demain.

— Est-ce que tu te soucies vraiment de ce que les autres gars pensent ? Mec, tes conquêtes sont légendaires.

La bière n'avait soudain plus le même goût que lorsqu'il regardait la bataille faire rage sur l'écran.

Justin n'avait pas tort. Riley avait une réputation. Une réputation dont il ne s'était pas préoccupé depuis des années. Une fille tous les deux soirs. Jamais la même.

Jusqu'à cette saison. Cette saison, il avait juré de ne plus avoir de liaisons, il s'était tout entier dédié à sa carrière sans n'avoir aucune distraction.

Jusqu'à ce soir... Il avait hâte de revoir Aly, putain. Il voulait aller au lit avec elle et se réveiller le matin pour la voir, les cheveux en désordre, la peau chaude et douce encore pleine de sommeil. Il serait resté si elle l'avait demandé. Elle ne l'avait pas fait. Et cela lui donnait encore plus envie d'elle.

Elle n'avait aucune idée de la différence que ça faisait avec ses habitudes. Et il ne voulait pas qu'elle le sache.

— Ouais, eh bien, peut-être que je tourne une nouvelle page cette saison.

Justin se tut et Riley lui jeta un coup d'œil.

— T'es sérieux, mec ? Tu viens de rencontrer cette fille et maintenant tu es prêt à renoncer à ta réputation de chaud de la bite ?

Riley haussa les épaules. Il ne voulait pas se lancer dans une discussion sur ses habitudes de drague à deux heures du matin alors qu'il devrait être au lit.

— Peut-être que je commence à réfléchir à ce que je veux faire après cette saison. Ce que je veux faire... après le hockey.

— Non, tu déconnes ?

Le choc de Justin était clair dans sa voix. Riley lui glissa un autre regard et trouva son colocataire en train de le fixer, la bouche ouverte.

Riley prit une autre gorgée de bière en haussant les épaules avant de répondre.

— J'y songe.

— Tu n'as même pas trente ans. C'est quoi, ce bordel ? Y a quelque chose qui ne va pas ?

Il secoua la tête.

— Il n'y a pas de problème. J'ai juste pensé qu'il était peut-être temps de penser à la suite. Tu sais, trouver ce que je vais faire du reste de ma vie.

Justin secoua la tête comme s'il n'avait pas bien entendu.

— Pourquoi ? Je veux dire sérieusement, pourquoi ? Tu n'as que vingt-neuf ans, putain. Ce n'est pas comme si tu avais quarante ans, que tu ne pouvais plus plier les genoux et que ton épaule ne tenait que par un ligament.

C'était vrai.

— Peut-être que je veux arrêter avant que ça n'arrive.

Justin continuait à secouer la tête en état de choc.

— Mec, qu'est-ce qui s'est passé ce soir ?

Il avait pris le meilleur pied de sa vie, voilà ce qui s'était passé. Et il avait rencontré une fille avec qui il pourrait bien vivre le restant de la vie.

Même son propre cerveau lui disait :

Hé, attends ! C'est quand même un grand saut.

Mais Riley était habitué à prendre des décisions rapides et à changer les choses d'un coup. Et il se connaissait lui-même. Il n'était plus l'ado qui venait d'être sélectionné avec des compétences folles, mais encore brut de décoffrage.

— Il ne s'est rien passé. Ou peut-être que quelque chose de vraiment important s'était passé. Mais il ne confierait pas ça à Justin. C'est juste quelque chose qui m'a traversé l'esprit.

Justin s'ébroua comme un chien qui sort de l'eau.

— Ouais, eh bien, enlève-toi ça de la tête ou tu vas te porter la poisse. Et à l'équipe. Ne prends pas ce chemin.

Il ne pouvait pas s'en empêcher. Il y était déjà.

— Tu ne penses jamais à ce que tu vas faire après ?

— Pourquoi le ferais-je ? Justin haussa les épaules. Je jouerai jusqu'à ce que je ne puisse plus, puis je trouverai une solution.

C'était le mantra de beaucoup de joueurs. Riley avait vécu avec ça pendant des années.

« Rye. Le ton de Justin obligea Riley à le regarder. Tu penses sérieusement à abandonner ? »

Il y avait une façon intéressante de présenter les choses.

Riley se déplaça sur le canapé pour regarder Justin dans les yeux.

— Est-ce vraiment abandonner que de trouver autre chose à faire dans sa vie ?

Le regard de Justin était trop vif pour deux heures du matin.

— Est-ce que c'est ce que tu veux ? Faire autre chose ?

Non. Mais il savait qu'il attendait plus de la vie. Et il savait avec qui...

— Ce que je veux, c'est dormir suffisamment avant de patiner demain après-midi.

— Tu veux dire *cet* après-midi.

Merde, oui.

— Exactement. Je vais me coucher. Bonne nuit.

Il se leva et se dirigea vers sa chambre.

— Hé, Rye.

Il s'arrêta et regarda Justin par-dessus son épaule.

— C'est ton année, mec, n'oublie pas.

Riley secoua simplement la tête et continua vers sa chambre.

———

— J'en connais une qui a passé un bon moment hier soir.

Aly fit un clin d'œil à sa sœur en s'approchant de la cafetière le dimanche matin. Elle avait dormi jusqu'à neuf heures, c'est-à-dire jusqu'à ce que son corps se réveille naturellement avant que ses yeux ne s'ouvrent.

« Ne t'inquiète pas, poursuit Vivi. Tu n'as pas besoin de dire quoi que ce soit. Je vois bien à ton sourire qu'il a dû être bon au lit. »

Les joues d'Aly s'empourprèrent, mais elle ignora délibérément les remarques sournoises de Vivi en se versant une tasse de caféine pure et en se dirigeant vers le placard pour trouver quelque chose à manger pendant que le café faisait effet.

« De toute évidence, l'homme est aussi habile sur la glace qu'en dehors. »

Oui, c'était sûr. Mais elle ne donnerait pas à sa sœur la satisfaction d'une réponse.

Vivi soupira d'un air dramatique.

— Je suppose que je vais avoir besoin de boules Quiès s'il doit rester dans le coin. Tu as probablement fait assez de bruit pour réveiller les voisins. Je devrais peut-être demander à Tig si je peux rester chez elle ce soir. Je suppose que tu le revois.

— Je ne t'entends pas.

Vivi souffla.

— Tu *essaies* de ne pas m'entendre. Mais tu n'es pas très douée. Allez, crache le morceau. Tu sais que tu veux tout me raconter.

Aly sortit la boîte de céréales du placard sans rien dire et en versa un plein bol. En semaine elle mangeait équilibré, mais le week-end, elle avait besoin de son sucre. C'était dimanche et elle avait probablement brûlé assez de calories la veille pour manger tout le paquet.

Ce qui la fit sourire.

— Oh, ça, c'est méchant. Vivi jeta sa serviette sur Aly quand elle s'assit en face d'elle à la table du petit déjeuner. Si j'avais couché avec un mec, je te raconterais tout.

Aly leva les sourcils et regarda sa sœur.

— Que je veuille l'entendre ou non.

— Admets au moins que tu as passé un bon moment.

Elle haussa les épaules, essayant de paraître blasée bien qu'elle ne ressente rien de tout ça.

— Mouais...

— Et que tu veux le revoir.

— Oui. Il est... Elle lutta pour trouver un mot qui ne déclencherait pas toutes sortes de questions de sa sœur auxquelles elle ne pourrait pas répondre. Il est vraiment sympa.

Les sourcils de Vivi se levèrent à nouveau.

— Sympa ? Il est *sympa* ? Oh, je t'en prie. Un homme qui te laisse avec cette tête encore le lendemain n'est pas seulement *sympa*.

— S'il te plaît, arrête de me dire de quoi j'ai l'air ce matin. C'est lourd.

— Alors peut-être que tu devrais te regarder dans un miroir avant de t'asseoir à la table en ayant l'air d'avoir grimpé au rideau toute la nuit.

Aly tira la langue à sa sœur avant de commencer à manger, puis elle l'ignora et lut le journal.

Pour la première fois depuis qu'elle ne jouait plus au hockey sur gazon au lycée, elle regarda les pages sportives. L'article sur le match occupait environ une demi-page, mais il mentionnait le nom de Riley à plusieurs reprises, toutes élogieuses. Le journaliste attribuait une mention spéciale à l'éthique de jeu de Riley, sur le fait qu'il n'abandonnait jamais même s'il n'avait pas obtenu ce qu'il voulait la première fois.

Et oui, elle avait vu cette facette de lui en action hier soir. Une fois qu'il s'était mis en tête de faire quelque chose, il n'arrêtait pas.

Quand il disait qu'il voulait l'entendre crier, il ne plaisantait pas.

Elle aurait juré qu'elle rougissait encore quand son téléphone sonna quelques minutes plus tard.

Elle l'attrapa... et soupira.

Ça n'était pas Riley.

— Salut, maman. Elle échangea un regard avec Vivi, qui se leva de son siège comme si ses fesses étaient en feu et disparut. Qu'est-ce qui ne va pas ?

— Rien. J'ai juste oublié de te parler du contrat de service d'hier. Celui pour le chauffage, tu sais ? Vous devez probablement le renouveler ce mois-ci. Je m'en suis souvenu quand ton père s'est plaint de la chaleur hier. On a la clim en marche sans arrêt depuis six mois, je te le jure. Et on est censés être frappés par cette tempête tropicale la semaine prochaine...

Étouffant un soupir, Aly laissa sa mère divaguer, répondant

de manière appropriée quand il le fallait, se sentant coupable quand elle regarda la pendule et qu'elle roula des yeux quand elle réalisa que sa mère venait de passer les vingt dernières minutes à parler de son père qui refusait d'aller chez le médecin pour ses problèmes intestinaux et qu'elle avait enchaîné sur ses propres problèmes de santé. Choses qu'elle avait déjà mentionnées la veille.

Elle aimait ses parents. Vraiment. Mais parfois...

Parfois, elle souhaitait ne pas être celle sur laquelle ils comptaient. Celle sur laquelle tout le monde comptait. Parfois, elle souhaitait être un peu plus comme Vivi, née avec la capacité de tout laisser tomber et de ne pas se sentir coupable.

Elle voulait s'amuser et ne pas s'inquiéter des conséquences.

Elle voulait faire l'amour avec Riley et ne pas penser au fait qu'un jour il partirait dans une autre équipe, une autre ville. Avec une autre fille.

Elle souhaitait ne pas avoir l'impression que les deux soirées qu'ils avaient passées ensemble avaient été le début de quelque chose d'incroyable.

— Si ce gamin patine encore à côté de moi avec ce sourire, je vais lui faire manger la glace. Riley jeta un regard mauvais à CJ. Il est jeune, je sais, mais c'est une brindille et je vais lui en mettre une.

— Tu ne peux pas faire mal à notre meilleur buteur, dit Justin en riant. On a besoin de lui. On aurait pu penser que tu serais de meilleure humeur compte tenu de la nuit que tu as passé hier soir.

Justin et Riley patinaient ensemble ce dimanche après-midi. L'équipe presque entière était là, même si l'entraînement était facultatif. Ils s'étaient bien défendus la veille, malgré tout, et le coach leur avait donné la matinée avant le match suivant.

Riley n'avait pas eu l'intention de faire l'école buissonnière. Idem pour la plupart des gars apparemment.

— Ferme-là là-dessus, OK ? Riley donna un coup dans les mollets de Justin, assez fort pour faire mal. L'équipe entière n'a pas besoin de savoir.

— Mmm, l'équipe entière le sait déjà...

Riley lui adressa un regard noir.

— Quoi ?

Justin sourit sans vergogne.

— Allez, tu sais bien que les joueurs de hockey cancanent plus que les vieilles dames.

Ouais, malheureusement, il le savait.

Il soupira en secouant la tête et pivota pour patiner à reculons.

— Bon Dieu de bonsoir, je ne veux pas qu'Aly pense que je suis un gros con qui a raconté à toute l'équipe qu'on avait couché ensemble.

— Alors tu vas la revoir ?

— Je vais lui envoyer un SMS après l'entraînement pour savoir si elle veut venir au match ce soir.

— Waouh, trois soirs de suite ? C'est le grand amour !

Riley lui fit une grimace.

— Quel âge tu as ? Douze ans ?

Le grand amour.

Oui, il croyait au grand amour, assez pour savoir qu'il avait aimé son ex, mais pas suffisamment pour que leur mariage marche. Il savait aussi que ce qu'il ressentait pour Aly, même après si peu de temps, valait la peine qu'on se batte. Et il avait le sentiment qu'il devrait se battre, si on en jugeait le peu d'envie qu'elle avait manifesté pour qu'il reste toute la nuit.

Leurs personnalités étaient opposées. Elle était calme et réservée. Pas lui. C'était peut-être ce qui l'attirait ?

Du coin de l'œil il vit CJ revenir vers lui.

Putain, ce gamin commençait à lui taper sur les nerfs.

Continue à patiner, morveux, t'as pas intérêt à m'emmerder aujourd'hui.

Apparemment, CJ ne lisait pas dans les pensées. Il ralentit jusqu'à ce qu'il arrive à la hauteur de Riley.

— Euh, salut. Bonjour.

Riley se retint de lever les yeux au ciel.

— Qu'est-ce qu'il y a CJ ?

— Heu, ben, je me demandais si je pouvais travailler un peu avec toi aujourd'hui.

Riley fixa le jeune de vingt et un an, un peu surpris et attendit la blague, mais comme elle ne venait pas il demanda :

— Pourquoi ?

CJ haussa les épaules.

— J'aimerais juste travailler certains trucs. Je sais que je dois m'améliorer sur les corners et tu es super bon là-dessus, alors tu pourrais peut-être me montrer deux trois trucs ?

— Pas de problème.

Le gamin sourit largement. En vrai garçon de ferme de la pointe de ses cheveux blonds à ses jambes puissantes, en passant par ses larges épaules, CJ se servait de ces jambes-là pour se propulser à vitesse grand V. Il avait un talent naturel incroyable, mais il était encore jeune et semblait ne pas avoir fini sa croissance. Il bégayait aussi, mais seulement en dehors de la patinoire.

— Super, merci ! Alors hier soir c'était comment ton rencard ? Elle est vraiment jolie, je trouve !

Et le gamin n'avait pas de filtre avec ses coéquipiers.

— Oh bon Dieu ! Riley tendit le bras et donna un coup à

l'arrière du casque du gamin. Fais deux trois tours avant que je te botte le cul.

CJ se tourna et patina à reculons tout en souriant effrontément.

— Si encore tu arrives à m'attraper !

Riley ne prit pas la peine de le poursuivre. Le gamin lui tournerait autour comme un grand chiot pressé de jouer.

Il avait une proie bien plus jolie à traquer.

CHAPITRE CINQ

— Salut, Aly. J'ai passé un super moment hier soir et j'aimerais vraiment te revoir aujourd'hui. Le match est à cinq heures ce soir si tu veux venir. Je laisserai les billets au guichet. Ensuite, on pourra peut-être aller manger un bout ? Il fit une pause et, quand il reparla, sa voix avait baissé de quelques octaves et elle dut l'écouter attentivement pour l'entendre. Ou peut-être qu'on peut juste trouver un lit où je pourrai te faire jouir quelques fois avant qu'on en arrive aux choses sérieuses ? À toi de voir. Tiens-moi au courant pour les billets.

Debout dans sa cuisine toute seule, Aly rougit, même si personne ne pouvait entendre le message que Riley avait laissé sur son téléphone.

Mais ce rougissement n'était pas embarrassant. Non, ses mots avaient déclenché une tempête de chaleur dans son corps. Elle serra les cuisses, les bouts de ses seins se durcirent et elle se mit à se ronger un ongle.

C'était sa faute. Elle lui avait dit la veille au soir qu'elle voulait tout ce qu'il avait à lui donner et qu'il soit aussi coquin qu'il le voulait. Il l'avait prise au mot, ce qui lui plaisait, en fait.

Riley ne la connaissait pas depuis longtemps. Il ne savait pas qu'elle était un modèle de vertu et que la plupart des gens qui la connaissaient étaient choqués quand elle disait "merde".

Ils penseraient probablement qu'elle était possédée par le diable s'ils découvraient ce qu'elle avait fait avec Riley la nuit précédente. Et ce qu'elle avait prévu de faire avec lui ce soir.

Elle voulait être vilaine.

Elle secoua la tête et se força à ranger les courses au lieu de réécouter le message.

Vivi était au studio de tatouage, où elle passait la plus grande partie de la journée avant de se rendre dans des bars avec ses amis, puis de finir dans des clubs d'*after* jusqu'à quatre ou cinq heures du matin.

Aly n'avait jamais compris l'intérêt de se saouler au point de ne plus se souvenir de ce qu'on avait fait la veille, mais Vivi semblait adorer ça. Surtout parce que leur mère détestait absolument qu'elle le fasse.

Mais ce soir, Vivi allait probablement dormir sur le canapé d'une amie, elle et Riley pouvaient faire autant de bruit qu'ils le voulaient et elle n'aurait pas à en entendre parler par sa sœur le lendemain matin.

Mais cela signifiait aussi qu'elle irait probablement au match toute seule ce soir. Avec un peu de chance, elle pourrait s'asseoir avec Lori et Bliss.

Enfin, après avoir rangé toutes ses courses, elle appuya sur le bouton d'appel de son téléphone et fut un peu déçue quand elle tomba directement sur la messagerie vocale.

« Vous êtes bien sur la messagerie de Riley. Laissez-moi un message. »

Bon sang de bonsoir. C'était incroyable que le seul son de sa voix la fasse respirer plus vite.

— Salut. C'est moi. Aly. Elle leva les yeux au ciel. J'aimerais bien venir au match ce soir, alors merci. Et... elle s'arrêta et inspira longuement, pourquoi ne pas revenir chez moi pour boire un verre après ? À bientôt.

Elle raccrocha, espérant ne pas avoir l'air d'une nympho enragée dont le seul but dans la vie était de s'envoyer en l'air. Ou pire, comme une pathétique fille de vingt-huit ans qui n'avait pas baisé depuis des mois avant la nuit d'avant.

Eh bien, tu as baisé hier soir. Et tu ne peux pas t'en plaindre.

Avec un sourire, elle regarda la pendule, se demandant si elle serait capable de respirer au moment où le palet tomberait.

— ON DIRAIT un chat qui a mangé une chatte.[1] Tu as visiblement passé un bon moment hier soir. Elle doit est très gentille, effectivement, pour t'avoir plaqué ce sourire sur le visage.

Le niveau sonore était élevé dans les vestiaires alors que l'équipe s'habillait pour les échauffements, mais Jake s'était assuré que tout le monde puisse l'entendre.

Riley étouffa un gémissement alors que le reste de l'équipe lançait des choses à Jake pour avoir déformé délibérément l'expression anglaise. Tout le monde savait qu'il l'avait fait exprès. Son anglais était parfait quand il le voulait.

Riley réussit même à réprimer son instinct pour renvoyer une pique à Jake parce que cela n'aurait fait qu'aggraver les choses et aurait attiré l'attention, ce que Riley ne voulait pas.

Si l'équipe n'avait pas eu autant besoin de ce petit con, Riley aurait étalé Jake sur la glace. Il lui aurait tapé la tête par terre et plutôt deux fois qu'une pour faire bonne mesure. Et le reste de l'équipe aurait ri parce que le mec le méritait, putain.

Mais le gars était trop bon sur la glace.

— Tu marques plus de points qu'Ovechkin, mec. L'ailier Tyler Richardson secoua la tête en remontant son short, un sourire benêt aux lèvres. Je veux être toi quand je serai grand.

D'un autre côté, Tyler allait probablement rester sur le banc la plus grande partie de la saison. Riley pourrait le faire sortir sans problème. Sauf qu'alors, Riley serait aussi sur le banc.

« Tu pourrais peut-être me donner des conseils, continua Tyler. Genre, comment tu t'es bien démerdé avec ces jumelles l'année dernière. Ta réputation te précède. Je m'incline devant ton expertise. »

Et le petit merdeux se mit à genoux et s'inclina pour de bon.

— Dickardson, lève ton cul de là. Lad Marchenko posa son pied sur les fesses de Tyler et le poussa juste assez fort pour que Tyler le sente. Ce dernier roula sur le dos et fit comme si on lui avait tiré dessus.

Riley secoua la tête et fit à Tyler le doigt d'honneur qu'il comptait faire à Jake.

Comme la conversation passait heureusement à autre chose et qu'ils se préparaient à s'échauffer avant le match, Riley oublia les commentaires.

Putain, la réputation de Tyler était presque aussi mauvaise que la sienne, bien qu'il soit de cinq ans plus jeune.

Mais Riley n'avait pas acquis sa réputation du jour au lendemain. Il l'avait construite au cours des dix dernières années. Et il serait difficile de l'effacer en quelques semaines seulement.

Il espérait vraiment qu'Aly n'en aurait jamais vent.

— Ignorez-le. C'est un connard. Shane s'assit sur le banc en face de Riley, en mettant ses jambières. Bliss l'aime bien, ta copine. Elle a dit qu'Aly était très intelligente. Genre, très, très intelligente. Et peut-être un peu timide.

Cela fit lever les sourcils de Riley.

— Timide ? Ah bon ?

Ce n'était certainement pas l'impression qu'il avait.

— Ouais. Elle a aussi dit qu'elle était très gentille. Maintenant, Shane le regardait avec les sourcils levés. Alors tu la revois ce soir ?

Puisque c'était Shane qui demandait, et pas un des gamins, il répondit.

— Ouais.

Il ne dit rien d'autre et les sourcils de Shane se levèrent encore plus haut.

— C'est un peu inhabituel pour toi, non ?

Les mots « vas te faire » et « foutre » étaient sur le bout de sa langue, mais Shane n'avait pas un sourire d'abruti et il ne cherchait pas à se moquer de Riley. En fait, il avait l'air sincèrement curieux.

— En fait, non, ça ne l'est pas. Riley fit passer son pull pardessus sa tête et attrapa son casque. Du moins, pas dernièrement.

— Tu tournes une page ?

— Dis-moi, tu n'as pas une routine d'avant match à faire, toi ?

Comme presque tous les gardiens de but que Riley avait rencontrés, Shane avait un rituel spécifique qu'il exécutait avant chaque match.

Shane souriait maintenant.

— Oui, j'en ai une. On se parle plus tard, Rye.

— Pas si on doit parler de nos sentiments.

Maintenant Shane riait, ce qui étonna le reste de l'équipe pour la simple raison que le gardien était toujours tellement concentré avant un match. Cette saison, cependant, il s'était un peu relâché. Et il avait joué mieux que jamais. Oui, la saison n'avait débuté que depuis quelques mois, mais tout le monde avait remarqué que son jeu s'était élevé à un autre niveau.

Il ne resterait pas longtemps dans cette ligue.

Riley était ravi pour ce gars. Shane bossait dur et était très talentueux.

Et Riley devrait prendre cela à cœur et se concentrer sur le match de ce soir et non sur une certaine jeune femme qui l'attendrait après.

« ... plus vieux que la plupart des mecs... baisable... magnifique... un vrai queutard... j'aimerais trop me le faire... ne devrait pas avoir beaucoup de mal... Riley... ne durent jamais longtemps... »

Les deux femmes qui tenaient la conversation derrière Aly n'avaient pas retenu son attention avant qu'elles ne prononcent le nom de Riley. Le niveau sonore dans la patinoire cet après-midi-là était plus élevé que la veille. Il y avait plus de monde aussi.

Tous les sièges autour d'elle étaient occupés, quelques-uns par d'autres petites amies de joueurs qui lui avaient été présentées par Bliss et Lori.

La plupart étaient amicales. Mais deux ou trois l'avaient regardée d'un air dédaigneux, reprenant leur conversation à voix basse. Aly avait haussé les épaules et avait continué à parler avec Bliss et Lori.

Mais maintenant, elles parlaient de Riley. *Son* Riley. Elle n'avait pas entendu tout ce qu'elles avaient dit, mais elle en avait entendu assez. Riley avait une certaine réputation, du moins selon les filles derrière elle. Il couchait à droite et à gauche. Beaucoup.

Quelque part au-delà du bourdonnement dans ses oreilles, elle entendit le klaxon annonçant la fin de la première période.

— Hé, Aly. Ça va ?

Elle leva les yeux vers Bliss, se forçant à sourire.

— Oui, oui. Elle se leva pour laisser Lori sortir. C'est vraiment bruyant ici aujourd'hui. C'est dur de tenir une conversation.

— Oui, l'équipe a bénéficié d'une campagne de pub pour que les gens viennent au match. Ça a l'air de marcher.

Le regard de Bliss se tourna vers les jeunes femmes qui discutaient encore, même si maintenant il était plus difficile de les entendre, avec la musique et l'annonceur qui parlait des billets de la saison.

« Il y a certainement plus de gens ici aujourd'hui qu'hier soir. Elle leva les sourcils en regardant Aly. Certains n'ont pas besoin d'être là... Je suppose que tu as entendu ces idiotes de jumelles déblatérer ? »

— Non, pas vraiment. On dirait qu'elles connaissent Riley, par contre.

Bliss roula des yeux.

— Elles ne le connaissent pas du tout. Ignore-les.

En haussant les épaules, Aly soupira.

— Je ne le connais pas non plus. Je ne l'ai rencontré qu'il y a deux jours. Comment peut-on connaître quelqu'un en si peu de temps ?

Surtout quand une partie de ce temps avait été passée à brouiller ses neurones avec une séance de baise incroyable.

Ce qui signifuit qu'il avait beaucoup d'entraînement.

— Eh bien, je suis contente que tu sois encore là aujourd'hui, dit Bliss en souriant, et que tu apprécies le hockey. Je n'avais jamais été à un match des Redtails avant de sortir avec Shane. Maintenant, je ne peux même plus penser à l'été et à la morte-saison. C'est comme être punie.

Aly rit, en secouant la tête.

— Tu es devenue une vraie convertie.

— Absolument. Ça tombe bien que mon mec soit un sacré bon joueur !

Derrière elles, les jeunes femmes qui avaient parlé de Riley éclatèrent de rire, bien qu'elles aient baissé leur voix suffisamment pour qu'Aly ne les entende pas.

Bliss roula à nouveau des yeux et se pencha pour murmurer à l'oreille d'Aly.

— Les groupies sont juste jalouses parce qu'elles n'ont pas encore réussi à attraper un joueur cette saison. La plupart des mecs plus âgés ont passé le stade de baiser toutes les filles qui leur jettent un regard. Et une grande partie de l'équipe de cette année semble avoir un peu plus... les pieds sur terre, si tu vois ce que je veux dire. Ne te méprends pas, il y en a encore quelques-uns qui cherchent à s'envoyer en l'air tous les soirs, mais ce ne sont pas tous de chauds lapins.

— Mais Riley a une réputation, n'est-ce pas ?

Bliss plissa le nez en soupirant.

— Je n'essaie vraiment pas de détourner l'attention et je ne cherche pas d'excuses, mais... oui, il a une réputation. Bien que je puisse dire franchement, depuis qu'il est ici, il n'est sorti avec personne d'autre que toi. Je pense qu'après son divorce, il...

— Son divorce ?

Les yeux de Bliss s'élargirent.

— Merde, il ne t'a pas dit ? Elle gémit. Moi et ma grande gueule... Merde, je croyais que tu savais. Je ne pense pas que ce soit un secret d'état ou autre, car il l'a mentionné en passant quand on s'est rencontrés. Je pense que ça fait des années qu'il a divorcé. C'était son amour de lycée, mais elle ne pouvait pas supporter qu'il soit tout le temps sur la route. Ou quelque chose comme ça. Je ne connais pas vraiment les détails. Tu devrais lui demander. Elle fit une grimace. Et puis dis-lui que je suis désolée d'avoir ouvert ma grande gueule.

Aly secoua la tête, se sentant désolée d'avoir fait culpabiliser Bliss.

— Sans rancune. Je veux dire, on a tous un passé.

— Tu as absolument raison. Mon passé impliquait un ex affectivement abusif qui m'a presque fait abandonner Shane. Heureusement, je me suis ressaisie et à présent je ne peux plus imaginer ma vie sans lui. Les choses s'arrangent. Et maintenant j'ai besoin d'un verre pour me taire un peu.

Aly pouffa et suivit Bliss jusqu'au stand de bière, mais pendant le reste du jeu, son esprit continua à revenir sur le fait que Riley avait été marié.

Elle ne savait pas pourquoi cela la dérangeait. Ils venaient de se rencontrer. Ce n'était pas comme s'ils avaient partagé tous les aspects de leur vie et qu'il lui avait caché celui-là. Ils n'en avaient pas encore parlé, c'est tout.

Et s'il avait couché avec quelques filles, ou peut-être plus que quelques-unes, elle avait couché avec d'autres gars, aussi. OK, peut-être qu'elle pouvait compter sur une main le nombre de mecs avec qui elle l'avait fait. Ça faisait d'elle quelqu'un de difficile. Il n'y avait pas de mal à ça.

Riley n'avait pas été difficile, c'est tout. Elle ne pouvait pas vraiment lui en tenir rigueur. Ils n'avaient pas une relation exclusive. Ils avaient eu deux rendez-vous et passé une heure incroyable à prendre leur pied.

Cela signifiait qu'elle ne pouvait pas s'attacher à lui. Certes, le sexe avait été génial, et elle espérait que ce serait pareil ce soir. Et si leur liaison continuait pendant une semaine ou un mois... super. Mais ça finirait sûrement un jour. Elle laisserait donc ses sentiments en dehors de l'équation et profiterait à fond des orgasmes.

Alors qu'elle attendait Riley, elle vit Shane enrouler ses bras autour de Bliss et l'embrasser, et celle-ci sourire lorsque Shane la serra fort et la souleva du sol.

L'expression sur le visage de Shane... personne ne pouvait douter de ce qu'il ressentait pour Bliss.

Ce mec l'aimait.

Aly voulait ce genre d'amour. Où il suffisait de regarder la personne et on savait. Et cela ne se produisait pas en un week-end. Cela prenait des mois. Parfois, ça prenait des années.

Riley sortit des vestiaires à ce moment-là. Il fit un sourire rapide à Bliss et Shane et adressa ensuite ce sourire à Aly. Et ce sourire fit des choses bizarres et merveilleuses à son corps.

Doucement, ma fille.

Elle sourit en retour, incapable de faire autre chose.

Puis il l'attrapa et l'attira contre lui. Elle eut une petite seconde pour apprécier sa taille. Il se pencha ensuite et l'embrassa, et c'était un baiser presque aussi passionné celui que celui que Shane avait donné à Bliss.

— Allez à l'hôtel !

Quelqu'un hurla ça du bout du couloir et Aly entendit des rires. Elle aurait pu être gênée par cette marque d'affection, surtout que Riley ne se retenait pas. Il l'embrassait comme s'ils sortaient ensemble depuis des années, et pas seulement depuis deux soirs.

Mais elle ne pouvait pas être en colère contre lui. Elle ne voulait pas qu'il s'arrête.

Et il ne le fit pas pendant une bonne minute alors qu'il lui faisait frire le cerveau avec ses lèvres et sa langue. Il n'avait qu'à poser sa main sur son dos et elle aurait été prête à glisser les mains dans son pantalon et à lui empoigner les fesses.

Heureusement qu'il lui restait un peu de bon sens.

Un instant plus tard, Riley se recula, lui refit un sourire puis la conduisit vers la sortie.

— Je suis content que tu aies pu venir ce soir. Je suis affamé. Ça te dérange si on va boire un verre dans un endroit où on mange correctement ?

— Bien sûr que non. Tu...

— Hé, Riley. Super match ce soir !

Une femme qu'Aly ne connaissait pas sourit à Riley alors qu'ils se dirigeaient vers le hall. Il lui fit un signe de tête, mais continua à avancer.

— Merci beaucoup.

Mais elle n'abandonna pas si facilement. On te verra au *Spruce* ?

— Pas ce soir.

Cette fois, il ne prit même pas la peine de regarder la femme, il fit juste un vague signe de la main par-dessus son épaule. Il l'ignora comme s'il ne l'avait pas vue. Et peut-être que c'était le cas.

Avait-il couché avec elle ? Est-ce ainsi qu'il la traiterait un jour ?

Mon Dieu, quand est-ce que tu es devenue une telle pleurnicheuse, dépendante affective ?

— Alors, on va où ? Riley la guidait dans le labyrinthe de voitures sur le petit parking où l'équipe était garée, à côté de la patinoire. Je n'habite pas ici depuis assez longtemps pour connaître les bons endroits.

— Tu es sûr que tu ne veux pas sortir avec le reste de l'équipe ? Ça ne me dérange pas.

— Je préfère passer le temps avec toi. Sa réponse franche lui fit tourner la tête et elle vit qu'il la fixait intensément. Si c'est d'accord ?

Elle lui sourit en retour.

— Ça me va. Qu'est-ce que tu veux manger ?

— De la viande rouge. Son sourire réapparut et il se pencha un peu plus près. Et plus tard, quelque chose d'un peu plus... rose.

Elle ne put s'empêcher de rougir.

— Riley !

Il avait l'air tellement innocent.

— Quoi ? Qu'est-ce que j'ai dit ?

Elle continua à marcher en hochant la tête.

— Tu es toujours comme ça ?

— Comme quoi ? Eh, où t'es-tu garée ? Est-ce qu'on doit déposer ta voiture à la maison avant de partir ?

Elle rougit encore parce que sa sœur avait insisté pour la conduire au match ce soir pour que Riley la ramène chez elle.

— Non, je n'ai pas ma voiture. Je, euh, suis venue avec ma sœur. Elle travaille dans le quartier, dans un salon de tatouages.

Le sourire de Riley s'élargit et devint plus coquin.

— J'aime bien ta sœur.

Il s'arrêta devant son pick-up, jeta son sac à l'arrière puis lui ouvrit la portière passagère avant de monter de l'autre côté.

— Je suis sûre qu'elle te plairait. Elle est incroyable.

— Alors elle te ressemble probablement beaucoup.

Elle n'était jamais sortie avec un gars aussi à l'aise pour faire des compliments. C'était un peu déconcertant. Et carrément attachant.

— En fait, nous sommes assez différentes.

Il sourit sans relever.

— Alors ? On va où ?

Elle réfléchit pendant quelques secondes alors qu'il démarrait le pick-up. Elle le voulait pour elle toute seule.

— Je connais un endroit qui fait des burgers excellents. Ils sont ouverts jusqu'à minuit, c'est plutôt tranquille.

— Ça m'a l'air parfait. Indique-moi juste le chemin.

— Tu n'as pas eu l'air d'avoir du mal à trouver ton chemin hier soir.

Son rire emplit la voiture, lui donnant envie de réduire l'espace entre eux et de se blottir contre lui.

— Tu vois, quand je dis que tu es une petite coquine...

Elle leva les yeux au ciel et hocha la tête.

— Tu es le seul qui semble le faire ressortir en moi.

— Heureux de l'entendre. Maintenant, allons manger pour que je puisse te corrompre un peu plus après.

RILEY AVAIT FAIT un putain de bon match.

Sa ligne avait eu un meilleur plus-moins[2] que la première ligne ce soir, il avait marqué et avait fait une passe décisive.

Maintenant, il n'avait plus qu'un seul but en tête : la mettre dans son lit.

Avant le match, il n'avait pu penser qu'à elle. Pendant le match, il avait mis son désir de côté. Mais maintenant, celui-ci brûlait dans ses veines comme de la lave.

Cela l'avait peut-être rendu aveugle sur les intentions d'Aly. Elle avait quelque chose en tête et il s'en rendit compte en allant chez elle.

Il n'avait rien remarqué d'anormal pendant le dîner. Ils avaient parlé et ri, il avait flirté et elle avait souri. Et sa bite était devenue plus dure à chaque fois qu'elle le regardait et qu'elle hochait la tête à propos de quelque chose qu'il lui disait.

Mais il avait remarqué qu'elle était hésitante, comme si elle avait quelque chose sur le bout de la langue, mais que chaque fois qu'elle allait parler, elle se retenait.

Il avait pensé que c'était peut-être parce qu'ils ne se connaissaient pas si bien que ça et qu'il était encore excité par le match.

Mais maintenant, assis seuls dans la voiture, il savait que quelque chose se tramait.

Il ne voulait pas en parler pendant qu'il conduisait, alors il avait attendu d'être garé devant chez elle.

Elle jeta un coup d'œil à sa maison puis à lui.

— Tu veux entrer ?

— Oui, mais... tu es sûre que tu veux que je le fasse ? Il y a un problème ?

Elle essaya de cacher sa grimace, mais il la surprit avant qu'elle ne puisse.

Il s'approcha un peu plus près.

— Il s'est passé quelque chose au match ?

— Non, non. Il ne s'est rien passé. J'ai juste… elle plissa le nez. J'ai entendu parler de ton divorce.

Il cligna des yeux.

— Oh. Ce n'est pas récent. Je veux dire, je suis divorcé depuis presque cinq ans. Désolé, je suppose que j'aurais dû t'en parler, mais ça ne m'est jamais venu à l'esprit…

— Non, attends. Elle leva une main. Je suis désolée. Peu m'importe que tu sois divorcé. C'est juste que… tu n'as jamais rien dit là-dessus. Même si je sais à quel point ça semble stupide vu qu'on ne s'est rencontrés que vendredi.

Il secoua la tête en grimaçant.

— ça fait très moche si je dis que je ne pense presque plus que j'ai été marié ? C'était il y a des années et j'ai un peu… oublié.

Merde, ça avait l'air vraiment nul ou vraiment égocentrique. Merde.

— Je t'assure que je ne veux pas être indiscrète…

— Non, non. Tu ne l'es pas. Sérieusement, qu'est-ce que tu veux savoir ? Demande-moi. Je suis un livre ouvert.

Ses lèvres se soulevèrent.

— D'accord, mais pourquoi ne pas aller à l'intérieur ? Il fait moins froid.

Il sauta de la voiture et se dépêcha de lui prendre la main pour l'aider à sortir. Puis il mit son bras autour de ses épaules et l'attira contre son flanc. Elle ne se raidit pas et n'essaya pas de s'éloigner. Si elle l'avait fait, il l'aurait relâchée. Au lieu de cela, son bras fit le tour de sa taille et elle l'attira plus près.

Maintenant, il voulait courir vers la maison et la clouer contre la porte d'entrée.

Il s'abstint, mais de justesse.

— Tu veux boire quelque chose ? Elle enleva son manteau et l'accrocha près de la porte.

— Oui, j'aimerais bien un peu d'eau.

Elle sourit par-dessus son épaule en se dirigeant vers le fond de la pièce.

— Je reviens tout de suite.

Il posa son manteau et s'assit sur le canapé en souriant quand il eut un flash-back de la nuit d'avant. Il avait hâte de répéter ça, mais d'abord...

Aly revint avec une bouteille d'eau pour tous les deux, puis s'assit à côté de lui.

— Je ne voulais vraiment pas être indiscrète, dit-elle. Si tu ne veux pas parler de ton mariage, nous ne sommes pas obligés.

— Ce n'est pas un grand secret. Il haussa les épaules. Ça fait un certain temps. On dirait que j'ai été marié dans une autre vie, si ça a un sens.

En faisant glisser ses jambes sous ses fesses, elle posa un bras sur le dossier du canapé et sa tête sur sa main.

— Combien de temps as-tu été marié ?

— Deux ans. La première année, c'était bien, il fit une grimace, la plupart du temps. On était ensemble au lycée et l'idée c'était de se marier après la fin de mes études. Mais... ma deuxième année de fac ne s'est pas très bien passée. C'est un euphémisme. J'ai trop fait la fête, je n'ai pas assez étudié. La seule chose qui m'intéressait c'était le hockey alors... j'ai échoué.

Il se souvenait encore du regard de son père quand ses parents étaient venus le chercher à la fin du semestre. Il était tellement déçu.

« J'avais prévu d'entrer en sélection l'été suivant, mais mes parents m'ont convaincu de prendre une année sabbatique, de rentrer à la maison et de travailler, puis de retourner à la fac pour mon diplôme et d'être sélectionné entre la première et la dernière année. »

— On dirait qu'ils avaient tout prévu.

— Quel est le dicton déjà ? Même avec les meilleurs intentions... Il hocha la tête. Le seul travail que j'ai pu trouver c'était de travailler de nuit dans l'usine du coin. Et je détestais ça, putain. Puis j'ai été pris par la ligue de hockey des Grands Lacs. C'est une ligue amateur et ça a comblé ce vide.

Ce vide avait été une véritable blessure béante. Il n'avait jamais dit à personne, pas même à ses parents, à quel point le fait de ne pas jouer au hockey lui avait fait mal.

« Je pense qu'Ann s'est dit que puisque j'étais à la maison, c'est là que j'allais rester. »

— Tu voulais retourner à l'université ?

Aly le regardait avec de grands yeux bleus pleins de compassion. Ses yeux l'hypnotisaient. Il voulait que la pièce soit éclairée ce soir pour qu'il puisse les voir quand il lui ferait l'amour.

— Oui, je voulais mon diplôme. Même à l'époque, je savais que je ne pourrais pas jouer au hockey toute ma vie. J'avais besoin de quelque chose pour après. Avec un diplôme en gestion sportive, je me disais que je pourrais rester impliqué dans le sport même après que je ne puisse plus jouer.

J'ai joué en amateur pendant une saison et je me suis marié parce que j'aimais cette fille et je me suis dit qu'il n'y avait pas beaucoup de différence entre l'épouser à ce moment-là et attendre quelques années avant d'obtenir mon diplôme. Mais Ann ne voulait pas que je retourne à l'université. Nous avons eu une grosse dispute la veille de mon départ. C'était à peu près le début de la fin. Je voulais qu'elle vienne avec moi. Elle ne voulait pas quitter notre ville natale. Et j'ai réalisé que ça ne marcherait jamais. Je crois qu'elle n'a jamais vraiment cru que j'allais faire carrière dans le hockey.

— Je suis désolée. Ça a dû être nul.

Ça l'avait été. C'était vraiment nul parce que c'était son deuxième échec.

— J'ai divorcé quand j'avais vingt-et-un ans. Waouh ! Il y a huit ans. On dirait que c'était il y a un siècle.

— Mais tu as fini l'université et tu joues en professionnel. C'est une grande réussite.

Il hocha la tête, son sourire lui donnant envie de l'embrasser. Mais il ne voulait pas la forcer. Si elle voulait parler, ils parleraient. Il en tirait presque autant de satisfaction qu'en l'embrassant. Presque.

— Merci.

Oui, c'était un exploit, mais il n'avait pas encore fait le saut qu'il voulait faire. Celui vers la LNH. Et il commençait à réaliser que c'était peut-être hors de portée.

— Mais... ?

Il secoua la tête, étonné qu'elle ait lu si facilement à travers lui.

— Mais je n'ai toujours pas réussi à aller en LNH. Beaucoup de gars avec qui j'ai commencé y jouent depuis des années. Mes parents m'ont toujours soutenu, mais ils commencent à me demander quand est-ce que je vais rentrer à la maison pour trouver un vrai travail.

Elle plissa le nez.

— Aïe.

Il éclata de rire.

— Ouais. Ils ont toujours été mes plus grands soutiens, mais mon père est un homme pragmatique. Pour lui, si on n'a pas atteint son but en dix ans, il est temps d'en atteindre un autre.

— Est-ce que vingt-neuf ans, c'est vieux pour un joueur ?

— Pas vraiment, non. Beaucoup de gars jouent jusqu'à la fin de la trentaine, mais, soupira-t-il, je suppose que je suis un peu comme mon père. Je me suis dit que je jouerais jusqu'à ce que j'arrive en LNH ou jusqu'à mes vingt-huit ans. À l'époque, vingt-huit ans me semblaient une éternité. Maintenant...

— Maintenant, tu as vingt-neuf ans et tu aimes toujours jouer. Elle inclina la tête, ses cheveux glissèrent sur son épaule et il eut envie d'y passer ses doigts.

— Alors pourquoi penses-tu à y renoncer ? On change tout le temps de but. Est-ce que tes parents s'attendent à ce que tu rentres à la maison ?

— Probablement, oui. Nous avons toujours été proches et c'est un peu ce que je me suis dit que je ferais. Je suis leur seul enfant et je pense qu'ils comptent sur moi pour être là quand ils seront plus vieux.

Elle acquiesça.

— Mes parents sont pareils. Ils n'arrêtent pas de me dire combien j'aimerais vivre en Floride et que je devrais venir leur rendre visite plus souvent et, ah oui, Millie, la femme d'en face, son fils vient de déménager de Milwaukee et il est merveilleux et ils veulent me le présenter !

Un élan de jalousie lui transperça le cœur et pendant une seconde il se dit « quoi ? » avant de se ressaisir. Le sentiment était toujours là, mais il retint l'envie de lui dire d'oublier ça.

Tout ce cirque d'homme des cavernes n'était pas du tout son genre, mais il y avait quelque chose chez Aly qui lui donnait envie de se frapper la poitrine et de l'enfermer dans sa grotte.

— Et toi ? Tu *veux* déménager en Floride ?

Elle haussa les épaules, le regard au loin.

— J'y ai pensé. Mais… je suis installée ici. J'aime mon travail. J'aime ma maison. Nous avons beaucoup déménagé quand j'étais enfant et je détestais ça. Chaque année ou tous les deux ans, on se retrouvait dans une nouvelle ville où je ne connaissais personne.

L'estomac de Riley se crispa. Il y avait eu des saisons où il avait déménagé trois ou quatre fois, parfois à l'autre bout du pays. On aurait dit qu'Aly détestait ça.

« Je suppose que tu es habitué, dit-elle, à déménager tout le temps »

— Ouais. Mais je me rends compte qu'il y a peut-être une bonne raison pour que je reste au même endroit.

— Et ce serait quoi ?

Avait-il imaginé l'essoufflement dans sa voix ? Non, il ne le pensait pas. Pas avec ce regard dans ses yeux.

Assis là à l'écouter, il réalisa à quel point elle lui manquerait s'il ne la voyait pas le lendemain. Ou le jour suivant. Ou le jour d'après.

Il savait aussi que s'il exprimait exactement ce qu'il voulait dire, elle le prendrait pour un fou.

S'il y a une chose qu'il avait apprise au sujet d'Aly, c'est qu'elle n'était que logique. Et déclarer sa dévotion éternelle après seulement trois jours ne cadrait pas avec sa vie logique et ordonnée. Et sa vie à lui était tout sauf ordonnée et logique.

Alors qu'est-ce qu'il devrait dire, putain ?

La vérité, abruti. Tout le reste ne fera que t'attirer des ennuis.

Il sourit, essayant d'être à la fois charmant et désarmant. En espérant ne pas échouer dans les deux cas.

— Eh bien, tu vois, j'ai rencontré cette femme...

Ses lèvres s'incurvèrent en un doux sourire, auquel il devenait de plus en plus accro.

— Et tu veux dire que tu resterais pour elle ? Même si tu ne la connais pas depuis longtemps ?

— Tu n'as jamais eu ce sentiment de faire ce qu'il fallait ? C'est un peu comme quand on a une bonne équipe. Il y a quelque chose dans l'air des vestiaires. Une excitation presque palpable.

Son sourire s'estompa un peu.

— Et tu resterais juste parce que tu penses qu'elle pourrait être... importante pour toi ?

Il se pencha en avant parce qu'il ne pouvait plus lui résister.

— Je dis que je pourrais me persuader de tout abandonner pour la femme de ma vie.

Elle ouvrit la bouche pour parler à nouveau, mais il avait

attendu trop longtemps pour l'embrasser. Il plaqua sensuelle-
ment ses lèvres sur les siennes pour la goûter.

Ses mains s'étaient posées sur ses épaules comme pour le
retenir, mais dès que sa langue glissa contre la sienne, elle l'attira
plus près. Il se laissa faire, en soupirant de soulagement qu'elle ait
commencé à l'embrasser après qu'il jeté cette bombe entre eux.

Et maintenant qu'elle l'avait fait, tous les paris étaient
ouverts.

Mais ce soir, il prendrait son temps. La nuit dernière avait
été frénétique. Fantastique, mais bien trop rapide, putain. Et
elle ne lui avait pas demandé de rester pour la nuit.

Ce soir, il espérait une invitation dans son lit.

Mais d'abord, il se contenta de l'embrasser. Parce que, bon
Dieu il aimait la façon qu'elle avait de le faire ; comme si elle ne
pouvait pas se passer de lui.

Lui, c'était sûr, ne pouvait pas se passer d'elle. Et elle n'était
carrément pas assez près. Pas du tout.

Il la saisit par les hanches, la souleva sur ses genoux, l'entoura de ses bras et l'écrasa contre lui. Cela ne sembla pas la
contrarier.

Les bras d'Aly firent le tour de ses épaules, ses mains glissèrent dans ses cheveux et ses doigts griffèrent son cuir chevelu.

Mon Dieu, c'était incroyable. Il voulait vraiment sentir ses
ongles ailleurs sur son corps. Genre, plus bas. Le long de ses
cuisses. À l'intérieur de ses cuisses. Sur sa queue.

Il aurait voulu avoir ses mains sur son corps, partout où il
pouvait les avoir.

Il la voulait partout où il pouvait.

Le cœur d'Aly battait fort dans sa poitrine, ses poumons
faisaient des heures supplémentaires alors que son désir pour
Riley la consumait.

Oui, elle avait perdu le contrôle la nuit précédente, mais elle commençait à croire que ce serait toujours pareil avec Riley. À cet instant, cela ne la dérangeait pas. Demain, ça la dérangerait sûrement.

Mais on n'était pas encore le lendemain.

On était ce soir et cette nuit allait être incroyable.

En penchant sa tête sur le côté pour qu'il approfondisse le baiser, elle se laissa aller contre lui, le laissa la serrer comme s'il ne pouvait pas supporter de la relâcher. Enfouie dans la chaleur de son corps, elle se laissa déconnecter de la réalité.

Et Riley devint son univers. Elle ne pouvait voir que lui, ne sentir que lui. Elle ne pouvait goûter que lui. Tous les muscles de son corps se détendirent et elle se donna à lui. Elle n'avait aucune idée du pourquoi ni du comment. Cela arrivait tout simplement.

Apparemment, Riley était tellement en phase avec elle qu'il le remarqua immédiatement, prit les rênes et se lança dans la course.

Il quitta ses lèvres et l'embrassa dans le cou, tandis que ses mains s'étalaient sur son dos et la tenaient près de sa poitrine.

Il était si grand qu'elle se sentait presque petite contre lui. Mais pas perdue. Riley la tenait trop serrée pour qu'elle se sente perdue.

Et sa bouche... Oh, mon Dieu, sa langue traçait des motifs sur sa peau qui la faisaient frissonner. Son corps ondulait contre le sien jusqu'à ce qu'elle commence à frotter son pubis contre son érection, qu'elle sentait à travers son pantalon.

— Continue mon amour. J'adore ça.

Sa voix mit sa libido en feu, ses muscles se contractant alors que les mains de Riley continuaient à lui caresser le dos de haut en bas, jusqu'à ce que sa peau soit si sensible que ses vêtements en devinrent gênants.

— Déshabille-toi. Elle quitta ses épaules pour s'attaquer aux boutons de sa chemise aussi vite que ses mains le pouvaient. Je veux que tu sois tout nu.

Elle sentit sa bouche former un sourire contre la peau sensible où son cou rejoignait son épaule.

— Je suis d'accord. Mais il faut aussi que tu enlèves tes vêtements. Tu as la peau la plus incroyablement douce que j'aie jamais touchée. Je veux frotter ma bite entre tes cuisses, puis je vais te retourner et la frotter entre tes fesses. Sais-tu à quel point tu es douce à cet endroit ? Comme de la soie, ma chérie.

Ses mains atterrirent sur son cul et il la pressa contre lui, la faisant frissonner.

« Et bon Dieu, quand je mets mes mains entre tes jambes, c'est comme du beurre. Si doux. J'ai hâte de poser ma bouche sur toi. »

Sa respiration se coinça dans sa gorge pendant qu'il parlait, son cerveau étant incapable de traiter la chaleur qui coulait dans tout son corps.

Son instinct était de lui donner tout ce qu'il voulait. Et comme il voulait ce qu'elle voulait, il n'y avait pas de décision à prendre.

Elle céda.

Tournant son visage vers son cou, elle le mordit, assez fort pour le faire tressaillir. Et gémir.

Il agrippa ses fesses pendant une seconde avant de se diriger vers l'avant de son pantalon où il fit sauter le bouton de son jean noir et commença à le faire descendre le long de ses hanches.

Les mains d'Aly avaient déjà commencé à s'occuper de sa chemise, mais leurs actions se gênaient l'une l'autre.

La frustration commença à rendre ses doigts frénétiques, jusqu'à ce qu'elle finisse par gémir.

Il saisit ses mains, la forçant à le regarder.

— Aly. Chérie. Attends.

Elle leva les sourcils, à peine capable de respirer.

— Tu veux attendre ?

Son sourire lui fit serrer les cuisses. Il était à la fois taquin, diabolique et tendre.

— Non, pas du tout. Je veux que tu sois nue et que tu me chevauches tout de suite, mais j'aimerais aussi le faire sur un lit. Parce que d'abord, je vais t'allonger, mettre mon visage entre tes jambes et te faire jouir.

Elle entrouvrit les lèvres en entendant tant de sensualité dans sa voix et ses poumons se contractèrent. Et, bon sang, elle trempa sa culotte.

— Ta bouche est dangereuse.

Cette bouche s'incurva en un autre de ses sourires coquins.

— C'est ce qu'on m'a dit. Mais généralement ce sont des gens qui veulent y mettre un coup de poing.

Elle leva la main, qu'il saisit.

— Eh bien, je ne veux absolument pas la frapper. J'ai d'autres plans avec.

— Montre-moi le chemin, mon cœur. Je suis tout à toi.

Elle continua à fixer ses beaux yeux et la sensation de triomphe qu'elle y vit lui coupa le souffle.

Elle se retourna et l'entraîna derrière elle. Le temps qu'ils atteignent les escaliers du deuxième étage, ils étaient pratiquement en train de courir.

Et lorsqu'il la prit dans ses bras pour grimper les marches deux par deux, elle faillit perdre la tête.

Aucun homme ne lui avait jamais donné l'impression qu'il était impatient de la mettre dans un lit parce qu'il voulait qu'elle prenne du plaisir.

C'est ce que faisait Riley.

— Par où ?

— À droite, puis la dernière porte à gauche.

— Merde, c'est loin.

Elle gloussa et il baissa les yeux, souriant comme si la faire rire était son principal objectif dans la vie.

— Bon sang, tu es magnifique quand tu souris. Tu es tout le temps sexy, mais quand tu souris comme ça, j'oublie comment respirer.

— Riley, c'est...

Elle ne savait pas quoi répondre à cela, mais ils avaient déjà atteint la porte de sa chambre. Dans la seconde qui suivit, elle s'envola pendant une fraction de seconde avant que ses fesses ne touchent le lit et qu'elle ne s'étende sur son édredon.

Une seconde plus tard, Riley était sur elle, la couvrant mieux que n'importe quelle couette. La chaleur de son corps traversa ses vêtements et à la seconde où ses lèvres se pressèrent contre les siennes, toutes ses bonnes intentions de prendre son temps explosèrent comme un feu d'artifice.

Elle avait les mains sur sa chemise, prête à la déchirer, lorsqu'il s'agenouilla au-dessus d'elle, l'emprisonnant avec ses genoux de chaque côté de ses cuisses.

— J'enlèverai la mienne si tu enlèves la tienne. Il avait déjà les mains sur la boucle de sa ceinture. Je ne veux pas déchirer tes vêtements, mais j'ai tellement envie de toi que je pourrais les arracher avec mes dents.

L'image qui lui traversa l'esprit à propos de ce qu'il pourrait faire d'autre avec ses dents la fit haleter.

Et il gémit.

— Bon sang, mon amour. Regarde-moi encore une fois comme ça et je ne te donne aucune garantie de ce qui pourrait se passer.

— Je vais devoir m'acheter des vêtements plus chauds pour pouvoir en porter moins aux matchs.

Son rire profond fit des choses sauvages et merveilleuses dans son ventre.

— Je suis d'accord pour moins de vêtements. Et les jupes. Je pense que tu devrais porter des jupes tous les jours. Elles s'enlèvent facilement et tes jambes sont superbes dedans.

Elle était assez d'accord avec lui. Elle s'était déshabillée facilement, mais son jean était serré sur les hanches et elle avait du mal à l'enlever. Surtout avec les cent kilos d'un homme sexy qui la surplombait.

Il avait enlevé son pantalon et ses sous-vêtements jusqu'aux genoux et sa bite se tenait raide devant lui, turgescente et prête, tentante à empoigner.

Mais elle avait besoin qu'il bouge si elle voulait enlever son jean.

Sur le point d'ouvrir la bouche et de lui dire de la déshabiller, elle émit un couinement lorsqu'il descendit du lit, baissa son pantalon et attrapa son jean pour l'arracher. Il lui fallut quelques tractions, mais il finit par le faire descendre. Elle voulait rire parce qu'il avait le même regard intense sur son visage qu'elle avait vu quand il jouait. Mais elle n'y arrivait pas parce qu'elle était trop excitée.

Vraiment excitée.

Quand il mit ses mains sur ses genoux, écarta ses cuisses puis s'agenouilla entre elles, elle était pratiquement haletante.

Et encore plus quand il fit glisser la paume de ses mains jusqu'en haut de ses cuisses. Ses pouces frôlèrent son pubis et elle eut envie de serrer les cuisses l'une contre l'autre, mais il lui maintenait les genoux ouverts. Mouillée et tendue elle leva une main. Mais il se contenta de sourire et rapprocha ses pouces de son clitoris.

Son estomac se contracta et elle inspira profondément.

— Il y a quelque chose qui te gêne, mon amour ? Son rire taquin fit se tendre encore plus ses muscles. Tu veux que je fasse quelque chose pour toi ?

— Oui, j'ai besoin que tu arrêtes de me faire languir.

Son sourire s'élargit.

— Oohh, c'est la moitié du plaisir. Ses pouces se rapprochèrent infiniment de son clitoris, qui palpitait, fourmillait et mourait d'envie qu'il la touche. Je ne veux pas précipiter les choses cette fois. La dernière fois, tu m'as fait perdre le contrôle. Et ça prend généralement un sacré temps pour que je craque. Alors, cette fois, je suis déterminé.

— Déterminé à faire quoi ?

— Et si je commençais par te lécher jusqu'à ce que tu cries ?

Avant qu'elle n'ait fini d'aspirer l'air dont elle avait tant besoin, il glissa ses mains entre ses cuisses pour l'écarter encore plus et se penchait pour mettre sa bouche sur son sexe.

Elle se cambra lorsque sa langue s'aplatit sur son clitoris juste avant qu'il ne suce le petit bouton. Elle ferma complètement les yeux et enfonça les doigts dans ses cheveux pour qu'il ne s'échappe pas. Du moins, pas sans se débattre.

Parce que... *oh, mon Dieu*, cet homme savait comment utiliser sa bouche. Et pas seulement pour parler. Ses lèvres et sa langue s'activaient ensemble pour que son corps fasse ce qu'il voulait. C'est-à-dire se tordre d'extase, apparemment.

Chaque mouvement de sa langue la faisait se cambrer. Chaque fois qu'il suçait son clitoris, elle appuyait encore plus fort son pubis contre sa bouche.

Elle bougeait tellement qu'il finit par mettre ses mains sur ses hanches et la maintenir sur le lit pour pouvoir tenir sa promesse de la faire crier.

Elle résista aussi longtemps qu'elle le pouvait. Elle n'était pas du genre à crier. Ce n'était tout simplement pas dans sa nature. Mais quand il la mordilla, elle ne put s'en empêcher.

La sensation était trop forte pour qu'elle puisse la contrôler et le son qui sortit de sa bouche était probablement assez proche d'un cri. Son corps tremblait, le plaisir la traversait et elle lui arracha presque les cheveux avant de relâcher les doigts.

Elle essaya de reprendre son souffle, mais il ne la laissa pas faire. Alors que ses lèvres remontaient le long de son corps, posant des baisers à bouche ouverte le long de son ventre, une main se glissa entre ses jambes pour jouer avec ses lèvres, déjà lisses et gonflées.

Il s'arrêta pour sucer chacun de ses mamelons avant de remonter pour lui mordiller le cou, elle eut une seconde pour reprendre son souffle avant que ses doigts ne glissent en elle et commencent à la baiser.

Elle posa les mains sur ses épaules, rapprochant ce grand corps qui la couvrait comme une lourde couverture, sa chaleur lui brûlant la peau et poussant son désir pour lui à un niveau proche de la fièvre.

Mais il n'était toujours pas assez proche. Ses mains glissèrent plus bas alors que ses doigts l'écartaient et la caressaient à l'intérieur. Si elle soulevait ses hanches, elle pourrait frotter son pubis contre son érection. Et si elle mettait ses mains sur ses fesses, elle pourrait le presser davantage contre elle.

Avec les quelques neurones qui lui restaient, elle glissa les mains sur son cul et l'attira plus près. Il bougea à peine, mais suffisamment pour qu'elle sente sa queue frôler les boucles taillées de son pubis.

Elle sentit un gémissement traverser le corps de Riley et elle frissonna.

— Tu veux que je me rapproche, mon amour ? Si je me rapproche encore, je vais te clouer au lit dans une seconde et je n'ai pas encore fini de jouer.

Ses doigts frôlèrent les muscles lisses de son cul et descendirent jusqu'à ses cuisses, ses ongles traînant le long de sa peau. Un frisson le parcourut et il mordit la jonction tendre de son cou et de son épaule.

— Si tu joues encore, dit-elle, je vais jouir avant que tu ne me pénètres.

— Pas de problème. Je te ferai jouir encore après. Ses doigts se tordirent en elle, la faisant se cambrer alors que ses mains cramponnaient ses cuisses. Et encore. Et encore.

Ils s'enfonçaient en un rythme de plus en plus rapide et elle remuait avec eux.

L'embrassant en remontant jusqu'à sa bouche, il scella leurs lèvres l'une contre l'autre et retira sa main d'entre ses jambes alors qu'il se laissait tomber sur elle.

Il était si lourd qu'elle ne pouvait presque pas respirer, mais elle l'entoura de ses bras pour qu'il ne puisse pas s'échapper. Ses jambes suivirent, se drapant sur ses hanches alors qu'elle se cambrait, emprisonnant sa queue.

Cela le fit gémir à nouveau et il bougea juste assez pour que sa bite soit entre ses cuisses, le bout se logeant contre ses lèvres sensibles.

Il s'y frotta pendant quelques longues secondes, la taquinant, avant de mettre ses mains sur le matelas de chaque côté d'elle et de pousser vers le haut pour pouvoir la fixer.

Ses yeux noisette brillants, il frotta son nez contre le sien dans un geste tendre qui fit fondre son cœur.

Oh, waouh. C'était vraiment pas juste.

Cela lui donnait envie... de bien plus.

— Préservatif ?

Elle cligna des yeux et, étonnamment, son cerveau comprit ce qu'il avait dit.

— Tiroir du haut, table de nuit.

— Tu peux l'atteindre ? Je ne veux pas bouger, dit-il en souriant.

Elle non plus, mais elle voulait qu'il lui fasse l'amour. Tout de suite.

Alors elle tendit le bras et attrapa le tiroir du bout des doigts, saisissant la boîte et fouillant à l'intérieur pendant qu'il plongeait la tête et tirait sur le lobe de son oreille gauche avec ses dents.

Elle faillit faire tomber le préservatif lorsqu'il remua les hanches et frotta le bout de sa bite contre son clitoris, la faisant gémir sous le plaisir. Sa langue dessina des motifs le long de sa gorge, faisant battre son cœur comme un CD rayé. Elle devint folle à l'idée qu'il remplisse le vide douloureux au creux de ses reins.

— Qu'est-ce qui ne va pas, chérie ? chuchota Riley directement dans son oreille avant de frotter sa joue mal rasée contre sa tempe... et le bout de son érection contre ses lèvres dans un mouvement qui la rendait folle. Tu as besoin de quelque chose ? Demande-moi n'importe quoi.

— Je te veux, toi.

Il se recula jusqu'à ce qu'elle puisse voir ses lèvres se recourber en un sourire qu'elle l'avait vu faire aux joueurs adverses. D'habitude, juste avant que ces joueurs n'essaient de lui arracher la tête.

— Vraiment ? Je n'en suis pas sûr. Je pense que tu vas devoir être un peu plus convaincante.

Ses yeux se rétrécirent alors que ses cuisses se serraient.

— Et comment penses-tu que je devrais faire ça ?

À son tour de gémir.

— Merde, j'adore quand tu parles comme ça, tout bien comme il faut, comme si on n'était pas allongés nus et que j'avais ma bite entre les jambes.

Mon Dieu, s'il continuait à parler, elle allait jouir.

D'une main, elle fit glisser le préservatif sur son torse et de l'autre elle passa ses doigts dans les cheveux de Riley et tira fort sur les mèches.

— Mets ce putain de préservatif et baise-moi, Riley.

Son sourire s'effaça, mais le désir tripla dans ses yeux.

— Et puis tu me parles comme ça et, putain, je pourrais bien jouir tout de suite.

— Ne t'avise pas de le faire.

— Alors, mets-le-moi.

Il se remit à genoux et elle réalisa que la lumière du couloir était toujours allumée et qu'elle pouvait voir chacun de ses abdominaux quand il respirait et la flexion de ses cuisses quand il écartait les cuisses. Elle ouvrit les jambes encore plus.

Elle déchira l'emballage du préservatif avec ses dents puis le déroula sur le membre épais, long et dur de Riley, à peine capable de respirer.

Dès qu'elle eut fini, il se pencha sur elle, les mains posées de chaque côté de ses épaules. Toujours pas là où elle avait besoin de lui.

— Riley...

— Guide-moi. J'adore avoir tes mains sur moi.

Soulevant les hanches, elle attrapa son sexe d'une main et posa l'autre sur sa nuque pour approcher son visage et l'embrasser pendant qu'il se glissait en elle.

Ses yeux se fermèrent tandis que leurs lèvres s'entremêlaient et elle gémit sous le contact épais entre ses jambes. Il l'écarta, la remplit complètement et c'était presque trop à supporter.

Mais elle savait depuis la nuit précédente quel plaisir cela lui apporterait quand il commencerait à bouger. Cet homme avait un don.

Elle empoigna ses fesses et l'attira plus près.

Et elle sentit ses lèvres se recourber contre les siennes.

Mais il refusait de bouger. Au lieu de cela, il inclina la tête puis glissa sa langue dans sa bouche, faisant exactement ce qu'elle voulait qu'il fasse avec sa bite.

Pendant au moins une minute, il la tourmenta avec sa langue, le reste de son corps restant parfaitement immobile.

Elle se mit à remuer, cambra le dos pour le pousser plus loin à l'intérieur et qu'il s'enfonce jusqu'à la garde.

C'était suffisant pour lui donner un peu de satisfaction, mais aussi pour narguer Riley.

Au bout de quelques instants, elle entendit Riley gémir et son baiser devint de plus en plus frénétique, sa langue s'enfonçant de plus en plus profondément jusqu'à ce qu'elle sente enfin qu'il commençait à bouger.

Chaque fois qu'il se retirait, elle avançait, essayant de le faire revenir. Et à chaque fois qu'il avançait, elle essayait de l'emmener plus profondément.

On aurait presque dit qu'ils s'activaient en désaccord, mais rien n'aurait pu être plus éloigné de la vérité.

Leurs corps se synchronisèrent en quelques secondes, puis Riley relâcha les chaînes.

Il se baissa, enroula un bras autour de ses épaules et l'autre derrière le bas de son dos, en lui soulevant les hanches pour pouvoir frotter contre son clitoris chaque fois qu'il la pilonnait.

Elle n'avait jamais été au lit avec un gars aussi fort que Riley. Chaque poussée l'enfonçait plus profondément jusqu'à ce qu'elle pense qu'il ne pouvait pas aller plus loin. Et pourtant, elle en voulait toujours plus.

Il était tellement plus grand qu'elle, qu'il l'enveloppait pratiquement. Ça ne la dérangeait pas, mais lui oui, apparemment.

Sans prévenir, il les fit rouler pour qu'elle se retrouve sur lui. Mais il la maintenait si étroitement contre lui qu'elle pouvait à peine bouger. Au moins, elle pouvait respirer. Jusqu'à ce qu'il lève la tête et recommence à l'embrasser.

Elle voulait bouger avec lui, mais sa main sur ses fesses la maintenait là où il voulait qu'elle aille. Non pas que ce soit un mauvais endroit pour elle.

C'était un endroit génial, en fait.

Avec la bouche de Riley sur la sienne et sa bite qui s'activaient en elle, et ses mains étendues sur son dos et son cul, elle se sentait captive.

Elle adorait ça.

Et quand elle sentit toute cette tension en elle atteindre son point de rupture, elle gémit en jouissant, le sentant se figer alors que son sexe se contractait autour de lui avant qu'il jouisse aussi en gémissant.

CHAPITRE SIX

Un bip agaçant réveilla Riley d'un sommeil profond.

Il fronça les sourcils, prêt à botter le cul de Justin pour ne pas avoir éteint son réveil, d'autant plus que c'était leur matinée de repos.

Puis il réalisa que ce n'était pas son lit. Et que Justin n'était pas dans les parages.

À côté de lui, Aly était une masse lisse de chair nue et chaude et de cheveux soyeux. Il s'était recroquevillé derrière elle, de sorte que son dos était blotti contre sa poitrine et son cul contre son aine. Bien sûr, il avait son érection matinale pressée entre ses fesses et c'était sacrément bon.

La tête d'Aly reposait sur son biceps et il était presque sûr que son bras était endormi et que ça lui ferait un mal de chien quand elle bougerait, mais il serait bien resté allongé ici toute la putain de journée s'il avait pu la garder nue et toute chaude à ses côtés.

En tournant la tête, il frotta son menton contre ses cheveux et enroula son bras encore plus serré autour de sa taille.

Il respira son odeur, quelque chose de chaud, de floral et de sexy comme pas possible.

Merde.

Elle allait devoir se lever bientôt, mais il se demandait s'ils auraient le temps pour un petit coup rapide avant de se préparer pour le travail.

Il se pencha vers l'avant pour lui enfoncer le nez dans le cou avant de la mordre et de glisser la main le long de son ventre vers son pubis lorsqu'elle soupira et se redressa d'un coup dans son lit.

— Oh merde.

Roulant sur le dos, Riley éclata de rire si fort qu'il en eut mal au ventre, mais cela en valait la peine lorsqu'elle se retourna pour le regarder fixement.

Mon Dieu, elle était magnifique. Ses cheveux étaient tout en désordre et ça lui allait bien, ils tombaient sur ces beaux seins et lui donnaient envie de les recouvrir de sa bouche.

Se mettant à genoux, elle posa ses mains sur ses hanches nues et le fixa. Ce qui rendit sa bite encore plus raide.

« Depuis combien de temps es-tu réveillé ? »

— Assez longtemps pour avoir envie de te faire l'amour avant que tu partes travailler.

Elle cligna des yeux à plusieurs reprises, ses lèvres s'écartèrent comme si elle allait dire quelque chose, mais elle ne le fit pas. Finalement, elle secoua la tête et éclata de rire.

— J'aimerais vraiment avoir du temps pour ça. Mais je dois être là-bas dans une heure et j'ai besoin de prendre une douche.

Il la prit par la taille avant qu'elle ne puisse s'éloigner, et il apprécia le petit couinement qu'elle fit quand il la souleva en l'air pour pouvoir la faire passer au-dessus de lui. Ses genoux atterrirent de chaque côté de ses hanches et ses mains se posèrent naturellement sur ses épaules.

— Je pourrais faire en sorte que cette douche en vaille la peine.

Aly se pencha pour l'embrasser, ses cheveux tombant devant

son visage, un rideau de soie qu'il aurait aimé sentir sur son torse, son ventre. Ses cuisses...

Il voulait que se baiser s'éternise, mais elle se redressa pour le regarder dans les yeux.

— Et je serais certainement en retard pour le travail... Tu n'as pas d'entraînement ce matin ?

— Pas avant onze heures à cause de ces matchs à répétition.

Elle secoua la tête et lui fit un sourire auquel il aurait voulu goûter.

— Eh bien moi, je ne peux pas être en retard. Nous avons une réunion du personnel chaque lundi à dix heures.

— Alors, prends ta journée. Je t'emmènerai prendre le petit déjeuner quelque part ou pour midi on pourrait acheter de quoi manger au lit et passer le reste de la journée ici jusqu'à ce que je doive retourner à l'entraînement.

— Oh, alors tu vas à l'entraînement, mais je ne peux pas aller travailler ? Elle leva un sourcil et sa bite tressauta en guise de réponse.

Elle dut la sentir bouger contre sa jambe, car elle jeta un coup d'œil vers le bas avant de le regarder dans les yeux. Mais elle souriait toujours.

— OK, plan B. Un coup rapide maintenant, tu vas au travail et je vais à l'entraînement. Ensuite, on se retrouve pour dîner et on peut se coucher un peu plus tôt pour ne pas avoir le même problème demain matin.

Elle mordit sa lèvre inférieure pendant quelques secondes avant de répondre.

— Alors, tu penses être encore là demain matin ?

— Bien sûr. Il haussa les épaules comme si ce n'était pas grave, mais il put voir à son expression qu'elle allait être plus difficile à faire craquer qu'une pro avec vingt ans d'expérience. Mais on doit partir jouer à Springfield mercredi et on aura un entraînement quotidien jusque-là, alors peut-être que je devrais dormir un peu, au moins quelques nuits.

Elle sourit, mais il pouvait voir qu'elle essayait toujours de trouver quoi faire avec lui.

En dehors de l'évidence.

Et comme le fait de se taire allait à l'encontre de chaque fibre de son être, il ajouta : « Mais je suis prêt à renoncer à mon sommeil réparateur si toi aussi. Non pas que tu en aies besoin ma chérie, car tu es la plus belle fille que j'ai jamais vue à sept heures du matin. »

La rougeur s'accentua sur ses joues, mais il savait que ce n'était pas de la gêne. C'était du désir.

Juste au moment où il pensait qu'elle pourrait accepter son offre, elle sourit et secoua la tête, des mèches soyeuses s'accrochant à sa barbe jusqu'à ce qu'il passe ses doigts dans ses cheveux et les ramène derrière sa nuque. Putain, il aimait les sentir entre ses doigts.

Elle se pencha et pressa ses lèvres contre les siennes, l'embrassant si gentiment qu'il paniqua pendant une seconde. Putain, qu'est-ce qu'il avait dit ? Elle allait le pousser dehors et il ne la reverrait plus jamais ? Il savait déjà qu'il ne laisserait pas cela se produire. Il savait que cette fille avait quelque chose de spécial et qu'il n'allait pas la laisser filer.

Il était prêt à ouvrir la bouche et à dire tout ce qu'il pouvait pour qu'elle accepte de le revoir le soir même quand elle dit :

— Peut-on remettre à plus tard ? Jusqu'à ce soir ? Je dois vraiment prendre une douche, et si je n'ai pas au moins deux tasses de café avant le travail, je vais arracher la tête de quelqu'un.

Sa tête hyper sérieuse l'amusa énormément, et il rit avant de la soulever et de la faire glisser sur le côté du lit, où elle posa les pieds au sol.

Mais avant qu'elle ne puisse s'échapper, il la saisit par la taille, la fit se retourner et l'embrassa violemment, en pressant ses lèvres ouvertes et en glissant sa langue dans sa bouche pour qu'elle s'emmêle avec la sienne. Elle réagit immédiatement, ses mains serrant ses hanches... sans le rapprocher. Même si sa queue ne demandait que ça.

Couché, mon garçon.

Mais il aimait tellement l'embrasser qu'il pouvait s'en contenter. Il la reverrait le soir même, et ils discuteraient de ce qu'ils feraient après son voyage. Avec un peu de chance, nus dans son lit.

Après plusieurs longues secondes, elle soupira et s'écarta. Il la laissa partir, non sans un dernier baiser et une tape sur ses fesses lisses.

Le regard qu'elle lui lança lui donna envie de poser ses deux mains sur elle.

— Tu es dangereux, elle planta un doigt entre ses pectoraux et il fit un mouvement vers l'avant, et je dois aller sous la douche.

— Tu veux un peu de compagnie ?

Elle soupira et secoua la tête, mais son expression était amusée.

— Comme je l'ai dit... tu es dangereux. Et je dois partir dans moins d'une heure.

— Alors je suppose que le moins que je puisse faire est de te préparer du café.

Elle planta à nouveau les dents dans ses lèvres. Pourquoi diable trouvait-il cela si sexy ?

— Bien sûr. Mais je dois vraiment aller travailler.

Il leva la main et essaya de ressembler au boy-scout qu'il n'avait jamais eu le temps d'être.

— Je te promets de ne plus te distraire.

Elle leva un sourcil et secoua la tête en se dirigeant vers la salle de bain.

— Comme si tu pouvais t'en empêcher.

Il l'entendit à peine prendre un peignoir derrière la porte puis l'ouvrir aussi silencieusement qu'elle le pouvait. Mais il ne put s'empêcher de sourire lorsqu'elle se retourna pour le regarder juste avant de disparaître dans le couloir et de secouer la tête, un sourire malicieux aux lèvres.

Bon sang, c'est ce qu'il voulait. Tous les matins. Il voulait se réveiller à côté d'elle et qu'elle lui fasse ce sourire avant de partir au travail.

Il voulait se glisser dans le lit à côté d'elle après un grand match, comme après un match pourri... Bon sang, après n'importe quel match. Il voulait rentrer à la maison après un voyage de deux semaines et l'embrasser avant de la jeter dans son lit, de lui arracher ses vêtements et de la pénétrer.

Demain, le jour suivant, la plupart des matins après ça.

Mais elle ne voudrait pas l'entendre. Pas sa petite Miss Prudence.

Alors comment diable était-il censé lui faire comprendre qu'il tenait à elle alors qu'il allait s'absenter pendant les deux semaines suivantes ?

D'habitude, il était doué pour parler. Il pouvait convaincre un homme rationnel d'abandonner ses gants à la fin de la première période en lui racontant simplement des conneries. C'était un expert en la matière. Mais il avait déjà foiré une relation auparavant. Il ne voulait pas encore tout foutre en l'air.

Mais d'abord... il lui avait promis un café.

Il enfila ses vêtements et se dirigea vers les escaliers, en passant devant la salle de bain, où il pouvait entendre l'eau couler. Merde, il voulait pousser la porte et la rejoindre, mais ça ne l'amènerait pas à lui faire confiance.

Dans la cuisine, il trouva la cafetière sur le comptoir — une énorme monstruosité de douze tasses, ainsi que les filtres dans l'armoire au-dessus et le café dans le frigo.

Il avait déjà fini sa première tasse quand il entendit le claquement des talons dans l'escalier.

Il tourna automatiquement la tête vers le bruit et faillit avaler sa langue.

Putain, il était vraiment dans le pétrin.

Elle portait une jupe noire étroite aux genoux, un chemisier gris cintré juste assez déboutonné pour qu'il puisse imaginer son décolleté et des escarpins noirs et rouges.

Elle avait attaché ses cheveux en une sorte de chignon qui lui démangeait de relâcher, et elle portait des perles. Un collier double qui passait entre ses seins et il ne put se retenir de l'imaginer nue avec seulement ces fichues perles.

Seigneur...

Il avait enfin réussi à faire disparaître son érection, mais il était maintenant presque sûr de passer le reste de la journée à penser à ces perles et à bander.

— Tu sais, je n'ai jamais compris les mecs qui fantasmaient sur le look bibliothécaire. Il sourit alors qu'elle lui lançait un regard perplexe et se dirigeait vers la cafetière. Maintenant, je comprends tout à fait !

Elle leva les yeux au ciel, mais il la surprit en train de sourire avant qu'elle ne porte la tasse à ses lèvres.

Et il gémit

— Oh. Mon. Dieu. Où as-tu appris à faire un aussi bon café ? Elle se lécha les lèvres et prit une nouvelle gorgée. Celui de ma sœur a toujours un goût de bouillasse et il est tellement fort que j'ai l'impression d'être à fond toute la journée. Le mien n'a jamais aussi bon goût. Je pense que je vais te garder enfermé dans ma maison comme mon esclave personnel préposé au café !

— Pas ton esclave sexuel ? Eh bien, merde, je suppose que je vais devoir améliorer ma technique au lit.

Elle lui fit un petit sourire coquin.

— À quelle heure est l'entraînement ?

— Onze heures. On s'entraîne deux heures, puis on fait un break et on remet ça. Une pensée lui vint à l'esprit. *Merde. J'ai oublié que j'avais un truc cet après-midi.* Un programme parascolaire. Je ne sais pas combien de temps ça va durer, mais je devrais avoir fini à dix-huit heures. Allons dîner après ça. Ou on pourrait faire la cuisine. Ce que je peux faire, d'ailleurs. Si ça ne te dérange pas d'avoir quelqu'un dans ta cuisine. Je t'inviterais bien à l'appartement, mais mon colocataire est un peu bordélique alors...

Elle ne dit rien tout de suite et le fixa simplement de ses grands yeux bleus. Il ne pouvait pas dire ce qu'elle pensait et il était sur le point d'ouvrir la bouche et de continuer quand elle hocha la tête.

— Bien sûr, on peut cuisiner ici, si ça ne te dérange pas d'avoir ma sœur dans nos pattes.

Il haussa les épaules.

— Bien sûr que non. C'est sa maison aussi, non ?

— Est-ce que je devrais...

— Je prendrai tout ce qu'il faut et je serai là vers sept heures. Ça te convient ?

— C'est parfait.

— Il y a des trucs que tu n'aimes pas ?

Elle plissa les lèvres.

— Je suppose que tu parles de nourriture ?

— Oui, mais si tu veux parler d'autre chose, je suis tout ouïe.

Elle inclina la tête comme si elle réfléchissait puis secoua la tête.

— Il faut vraiment que j'aille travailler. Tu es trop dangereux pour ma concentration.

Il ne prit pas la peine de cacher son sourire et elle agita la tête en se dirigeant vers l'évier pour rincer sa tasse.

Il se leva et fit la même chose puis enroula un bras autour de sa taille pour la ramener contre lui et l'embrasser rapidement.

— À ce soir mon amour.

Puis il partit avant qu'elle ne change d'avis.

— ON DIRAIT que tu as bien dormi, mec, ce qui est bizarre, car je jurerais que tu n'es pas rentré hier soir. Le sourire d'abruti de Justin s'agrandit. Sur quel canapé tu as dormi ? Il devait être confortable.

Riley était le dernier à être entré dans les vestiaires. Mais il était assez en retard pour que Justin lui saute dessus.

En guise de réponse, Riley lui fit un doigt d'honneur, ce qui fit rire Justin comme un dingue.

— Et où as-tu dormi toi la nuit dernière, crétin ? Jake frappa Justin à l'arrière de la tête alors que Riley a commençait à se déshabiller. Tout seul dans ton lit ? Je pense que tu es peut-être un peu jaloux.

Se déshabillant aussi vite qu'il le pouvait, Riley enfila ses sous-vêtements puis commença à mettre ses protections. Pour la première fois depuis Dieu sait combien de temps, il n'avait aucune envie de raconter des conneries à ses coéquipiers. Surtout pas à propos d'Aly.

« Et quand est-ce que c'était la dernière fois qu'une fille t'a laissé entrer dans son lit ? Je crois que ça n'est jamais arrivé, oui ? »

Lad donna un coup de coude à Jake. Les deux défenseurs étaient proches comme des frères et s'envoyaient des vannes comme des ennemis mortels. Ça marchait comme ça entre eux.

Ils faisaient la meilleure ligne défensive de la ligue et ils venaient jouer tous les jours. Et s'ils se comportaient occasionnellement comme des adolescents imbéciles... Enfin, personne n'était parfait.

— Dit l'homme qui ne sait toujours pas ce qu'est un cunni-linsuce.

— Cunnilingus ! cria CJ alors que le reste de l'équipe riait de façon hystériquement. C'est cunnilingus qu'on dit !!

Lad et Jake échangèrent un regard, se dirent quelques mots en russe puis Jake jeta son fameux regard glacial de Sibérie à CJ.

— Dit le gamin qui n'a toujours pas perdu sa fleur !

Toute l'équipe se mit à rire et CJ devint rouge comme une tomate.

Riley secoua la tête, cherchant une réplique intelligente, mais quand CJ s'assit à côté de lui sur le banc, il préféra la boucler.

La tête baissée de CJ et son cou rouge vif firent ressortir l'instinct protecteur de Riley. Comme s'ils avaient été sur la glace et que quelqu'un s'en était pris au gamin, Riley prit la défense de CJ.

— Vu que vous avez besoin l'un de l'autre pour vous envoyer en l'air, je me dis que vous n'avez pas perdu toutes vos fleurs.

Lançant un regard presque imperceptible à CJ, Lad compris l'allusion.

— Je n'ai pas de fleurs à perdre. Jake, par contre, a un buisson entier.

Dereck riait tellement fort qu'il se tenait le ventre. Il se tourna vers Jake.

— Fiston, si tu as un buisson au lieu d'une poutre, c'est peut-être pour ça que tu as du mal à pécho !

— Hé, quelque chose ne va pas ? demanda Riley à CJ alors qu'il mettait son pull sur sa tête, juste au moment où le coach entrait dans la pièce.

Avant que CJ ne puisse répondre, le coach dit :

— Écoutez-moi et il se lança dans son plan de match pour la semaine. Vingt minutes plus tard, juste avant que l'équipe ne soit prête à frapper la glace, le coach regarda Riley et leva le menton.

— Hatch, Young, restez ici. Tous les autres, sur la glace.

Ne s'attendant à rien d'autre que le Coach Scott veuille que lui et CJ travaillent ensemble sur la technique ou les exercices, Riley faillit tomber du banc quand le coach dit ce qu'il avait à dire.

« Le grand club a eu quelques blessés hier soir et vous allez tous les deux partir chez les Colonials. Ils rentrent aujourd'hui et le coach Angstadt vous veut tous les deux à l'entraînement du matin, demain. Aujourd'hui, vous patinez avec nous, mais ils veulent que vous partiez ce soir pour parler à l'entraîneur assistant ce soir. »

L'entraîneur prit un morceau de papier sur son bureau, en précisant où ils devaient être et quand, ainsi que l'hôtel où ils seraient logés. CJ et lui allaient rester ensemble pendant toute la durée de leur séjour, peut-être un séjour prolongé, mais ils passeraient probablement la moitié du temps sur la glace.

À côté de lui, CJ s'agitait comme un putain de chiot, n'arrêtant pas de poser des questions auxquelles le coach répondait avec le sourire. Riley restait silencieux.

Putain, enfin. ENFIN !

Et dans la foulée...

J'ai hâte de le dire à Aly, putain.

Ouais, il avait hâte de le dire à ses parents aussi. Mais Aly c'était différent. Il voulait tout partager avec elle. Il voulait qu'elle soit heureuse pour lui. Il voulait qu'elle vienne aux matchs et qu'elle l'attende après.

Philadelphie n'était pas si loin. S'il restait longtemps chez les Colonials, lui et Aly feraient en sorte que ça marche.

— Riley, tu as des questions ?

La question du coach le fit sortir de ses pensées et il sourit en secouant la tête.

— Non. Je pense que ça va.

— Très bien alors. Va sur la glace. Tu pourras envoyer un texto à tes parents après l'entraînement.

CJ faisait des petits bons, un sourire jusqu'aux oreilles et il sortit en premier. Riley se leva plus lentement, regardant le gamin disparaître dans le couloir, vers la glace.

Il prit quelques secondes pour s'assurer que ses lacets étaient bien serrés et vit que l'entraîneur le surveillait, les bras croisés sur la poitrine.

— Tu es sûr de ne pas avoir de questions ?

— Honnêtement, Riley secoua la tête, J'en ai une tonne, mais je ne pense pas que tu puisses répondre à une seule.

Le coach sourit et lui tapa sur l'épaule.

— Garde la tête sur le jeu. Comme tu l'as fait ces huit dernières années. Tu es arrivé jusqu'ici. Continue à foncer. Tu as les compétences, Riley. Tu l'as prouvé. Je n'ai aucun doute que tu peux y arriver. Ne laisse rien se mettre en travers de ton chemin.

Riley n'avait pas l'intention de laisser quoi que ce soit se mettre en travers de son chemin. Mais il n'avait pas non plus l'intention de renoncer à quoi que ce soit.

ALY S'ÉTAIT RENDUE au travail avec le sourire, mais il s'était effacé environ quinze minutes après qu'elle ait franchi la porte.

Le système de facturation était en panne et les techniciens ne savaient pas pourquoi. Ce qui signifiait que son service était paralysé. Du coup, les personnes qui appelaient pour faire régler leurs factures avaient une raison de plus de se plaindre.

Et c'est ce qu'ils firent. Toute la matinée.

Elle n'eut pas beaucoup de temps pour rêvasser sur Riley et

la nuit d'avant, mais quand elle le faisait, bon sang, elle ne pouvait plus s'arrêter.

Alors quand son numéro apparut sur son téléphone après le déjeuner, elle s'enferma dans son bureau et s'affala sur sa chaise.

— Salut ! J'espérais que tu appellerais.

— Et je mourrais d'envie de te parler. J'ai été appelé. Je serai probablement sur la glace demain soir avec les Colonials de Philadelphie.

Il lui fallut une seconde pour assimiler ce qu'il avait dit, puis elle sourit.

— Riley ! C'est incroyable ! Oh, mon Dieu, c'est merveilleux. On peut fêter ça ce soir au dîner.

— Ouais, à propos du dîner. Je dois annuler. Je déteste faire ça, mais CJ et moi devons être à Philadelphie ce soir. Ils nous mettent à l'hôtel pour la nuit pour qu'on soit prêts pour l'entraînement demain matin. Je suis vraiment désolé...

— Tu plaisantes ? Ne t'excuse pas d'avoir obtenu ce pour quoi tu bosses depuis si longtemps. Je suis tellement contente pour toi.

— Assez contente pour vouloir rouler jusqu'à Philadelphie demain soir ? Le match commence à dix-neuf-heures et je sais que c'est un peu court, mais je peux t'avoir un billet.

Il voulait qu'elle vienne au match ? Son cœur se mit à battre et elle avait envie de dire oui.

Mais elle devait être pragmatique aussi. Elle travaillait jusqu'à dix-sept heures trente, puis elle avait une évaluation qu'elle ne pouvait pas manquer avec son patron. Même si elle ne rentrait pas chez elle pour se changer et partait directement du bureau, elle ne serait pas sur la route avant six heures et demie et il lui faudrait au moins deux heures pour accéder à l'autoroute Schuylkill à cette heure de pointe.

« Aly ? »

Mais il voulait qu'elle soit là. Rien que d'y penser, son cœur battait la chamade et son clitoris palpitait comme s'il lui avait dit qu'il voulait la mettre nue et la sauter contre un mur.

Cela n'avait aucun sens, car ils s'étaient rencontrés quatre jours auparavant. Quatre jours ! Les gens ne s'impliquaient pas aussi vite dans la vie d'une autre personne.

Et s'ils le faisaient, ça ne durerait pas.

— J'aimerais vraiment y aller. J'ai juste... j'ai peur de ne pas pouvoir arriver à temps.

Il ne répondit pas et sa gorge se noua. L'anxiété lui faisait mal à l'estomac.

Mais en réalité, elle serait coincée dans les embouteillages et manquerait probablement le match entier.

Et peut-être qu'il ne lui demandait de venir que pour être gentil ? Peut-être qu'il se sentait obligé de lui demander parce qu'ils avaient couché ensemble ?

Peut-être...

— Oui, d'accord, pas de problème. Je comprends. Je t'appellerai après le match, d'accord ?

Et peut-être qu'il ne voulait vraiment pas qu'elle soit là en fait ?

— Bien sûr.

— Super. OK, je dois vraiment y aller. CJ et moi devons être sur la route dans quelques instants. On doit prendre contact avec l'entraîneur assistant...

— Oh, c'est...

— ...avant six heures. Et oui, la circulation va être terrible.

Aly se sentait mal et luttait contre la panique. Elle inspira profondément.

— Riley... tu vas déchirer demain.

— Merci, chérie. Il se mit à rire un peu. J'espère vraiment que tu as raison. Tu peux sûrement voir le match à la télé. Fais-moi savoir de quoi j'ai l'air.

Une boule se forma dans sa gorge.

— Bien sûr. Riley... Je suis vraiment heureuse pour toi.

— Merci. Ça me fait plaisir. Écoute, je déteste couper court à ça...

— Non, je comprends tout à fait. Tu dois partir. Fais un bon match. Je ne doute pas que tu seras incroyable.

— Espérons. Je t'appellerai demain soir.

— C'est super. Bonne chance, Riley.

— Merci, mon amour.

Elle n'eut pas le temps de lui dire au revoir, il avait raccroché.

Et le temps qu'Aly pose son téléphone sur son bureau, elle dut se calmer parce qu'il lui devenait de plus en plus difficile de respirer.

Ses yeux brûlaient et elle cligna rapidement des paupières pour retenir les larmes qui avaient surgi sans raison.

Ce n'était pas comme si elle n'allait plus jamais le revoir. Et si elle ne le revoyait pas, eh bien...

Ce serait nul. Allez, tu peux l'admettre au moins.

Le téléphone de son bureau sonna, la surprenant à tel point qu'elle tressaillit et poussa un petit cri, sa main s'aplatissant sur son cœur.

Après trois autres sonneries, elle décrocha et essaya de retourner à son travail.

Sachant qu'elle avait pris la mauvaise décision et qu'elle ne pouvait toujours rien faire pour la changer.

CJ N'ARRÊTA PAS de parler pendant tout le trajet pour Philadelphie.

Riley conduisait, en partie parce qu'il craignait que le gamin ne soit trop excité et qu'il ne les envoie dans un mur. Et en partie parce que cela l'empêcherait de penser à sa conversation avec Aly.

Pendant que CJ répertoriait tous les joueurs des Colonials — leurs forces, leurs faiblesses, leurs putain de statistiques bon sang — Riley répondait quand il le fallait et gardait les yeux sur la route parce que, bon Dieu, il y avait une sacrée circulation.

Logiquement, il savait qu'Aly avait eu raison. Elle n'aurait jamais pu arriver pour la mise en jeu.

Alors pourquoi es-tu si frustré ?

Parce qu'il voulait qu'elle soit là. Il voulait partager ça avec elle, il voulait qu'elle soit là après le match pour fêter ça. Il se fichait de savoir s'il aurait cinq minutes de temps sur la glace ou vingt.

Il avait enfin réussi, putain !

Et il avait trouvé la fille avec qui il voulait partager cette étape.

Mais la fille en question avait refusé.

Oui, il savait que ce n'était pas si simple. Elle avait un travail, un travail exigeant. Elle ne pouvait pas partir au pied levé et le suivre partout.

Sauf que...

— Oh, et aussi, j'ai entendu dire par Ian MacDonald que Duchene n'était pas vraiment blessé. Mac dit que l'entraîneur et lui se sont disputés à propos de quelque chose et que l'équipe veut l'échanger. J'ai entendu des tas d'histoires sur Duchene. Tu penses que c'est vrai ?

Bon sang, tout le monde avait entendu des histoires sur l'ailier droit de troisième ligne des Colonials. Il faisait la fête, jouait de manière très physique et menait l'équipe pendant les minutes de pénalité. Un boulet de canon qui avait été une machine à marquer des buts. Mais il avait trente-cinq ans maintenant et ne marquait plus autant qu'avant.

Riley avait entendu dire que l'équipe avait envisagé de ne

pas prolonger son contrat l'année précédente et qu'il avait été rajouté tardivement avec un contrat d'un an seulement.

C'était nul pour Duchene, mais ça leur ouvrait une place s'ils décidaient vraiment de se débarrasser de ce type. Mais Riley savait qu'il n'avait aucune chance de décrocher le poste. Il était plus probable que le club choisisse CJ. Il avait été sélectionné au premier tour et le gamin s'améliorait de jour en jour. Et même si Riley avait de meilleurs scores cette saison, l'entraîneur de Philadelphie choisirait probablement le jeune s'il devait en garder un.

Et pendant une fraction de seconde, Riley pensa que ce serait bien.

T'es dingue ?

Il devait l'être. Parce qu'il pensait sérieusement que s'il était renvoyé à Reading, il serait plus proche d'Aly.

C'était vraiment dingue, non ? Il devrait faire tout ce qu'il pouvait pour décrocher une place chez les Colonials, pas espérer être renvoyé chez les Redtails.

« Riley ? »

— Ouais, désolé. J'ai beaucoup de choses en tête. Est-ce que je pense que c'est vrai ? Probablement. Est-ce que ça veut dire qu'ils vont l'échanger ? J'en sais rien. Ils ont investi de l'argent sur lui, donc ils voudront le récupérer, et avec son passif, je ne sais pas si quelqu'un d'autre voudra prendre un risque avec lui.

On aurait pu dire la même chose de Riley l'année dernière. Mais le coach Scott avait tenté le coup avec lui et il pensait qu'il avait fait ses preuves cette année.

— Alors, pour combien de temps penses-tu qu'on sera là-bas ? J'ai entendu dire que la blessure de Vanderske ne le mettrait pas *out* longtemps... et... je t'emmerde, non ?

Riley jeta un coup d'œil à CJ qui secouait la tête et faisait des grimaces.

« Désolé, mec. Je ne sais pas comment me taire parfois. Je suis... »

— CJ, tu ne m'embêtes pas. Tout va bien. J'ai juste des trucs en tête.

— Genre la fille que tu vois ?

Riley jeta un autre coup d'œil au gamin et maintenant le petit merdeux arborait un sourire narquois.

— Putain, pourquoi tu crois ça ?

— Tout le monde sait que tu n'es pas rentré chez toi hier soir et Justin a dit que tu n'arrêtais pas de parler d'elle et...

— Très bien, très bien. Oublie que j'ai demandé. Et... il soupira, ouais, entre autres. Mais je ne suis pas sûr qu'elle soit aussi... investie que moi dans la relation.

— Qu'est-ce que tu veux dire ?

Merde, il allait vraiment faire ça ? Cracher le morceau devant ce gamin ?

Eh bien, il n'avait personne d'autre à qui parler pendant les deux heures suivantes, n'est-ce pas ?

— Je veux dire que je ne pense pas lui plaire autant qu'elle me plaît.

CJ haussa les épaules.

— Tu lui as demandé si elle t'aimait au moins ?

Il éclata de rire. Le gamin était vraiment jeune.

— Je suis presque sûr que je lui plais. Mais je ne suis pas sûr qu'elle m'aime assez pour me garder.

— Pourquoi ? Qu'est-ce que tu as fait ?

— Bonne question.

— Tu l'as énervée ?

— Pas exactement. Je lui ai demandé de venir au match ce soir. Elle a dit qu'elle devait travailler.

— Eh bien, c'est vrai, elle a un travail, non ? Mes parents ne peuvent pas venir au match ce soir non plus. CJ haussa les épaules. Ça craint, mais je sais qu'ils vont nous regarder à la télé et il y aura un autre match. Je sais que je dois juste me concentrer ce soir. C'est sûrement mieux s'ils ne sont pas là.

Riley rit encore et secoua la tête.

— Merde, mon gars, peut-être que tu es plus intelligent que tu en as l'air ?

— Hé, qu'est-ce que tu veux dire par "peut-être" ? Je suis bien plus intelligent que j'en ai l'air.

Et peut-être que Riley avait besoin de s'inspirer du gamin et de se concentrer sur le lendemain.

Et quand il se serait imposé à Philadelphie, il reviendrait pour le faire avec Aly.

CHAPITRE SEPT

Aly avait trop de travail à faire le mardi pour se laisser distraire.

Cela ne signifiait pas que Riley ne s'immisçait pas dans ses pensées.

Il était bien là, plus qu'elle n'aurait souhaité. Ou, qu'elle l'admettait. Surtout à sa sœur.

— Il est déjà parti. Vivi ricana à la table du dîner le lundi soir. Ça n'a pas pris longtemps !

Aly prit une bouchée du pain au maïs que Vivi avait fait pour accompagner son chili maison et réfléchit quelques secondes avant de formuler une réponse. Le ton acerbe de Vivi donna envie à Aly de prendre la défense de Riley. Ce qui était ridicule. Il n'avait pas besoin d'être défendu.

— Je suis vraiment contente pour lui. Aly hocha la tête, décidant d'ignorer le rictus de Vivi. C'est pour ça qu'il bosse depuis des d'années. J'espère qu'ils le garderont. J'ai hâte de regarder le match demain soir. Ce sera incroyable de le voir à la télé. J'espère vraiment qu'il pourra jouer.

Vivi lui jeta un regard en coin.

— Je suppose qu'il n'était pas si bon au lit. Tu n'as pas l'air si triste de le voir partir.

Aly haussa les épaules et prit une cuillérée de chili, en essayant de paraître désinvolte et en finissant probablement par grimacer.

— On se connaît depuis quatre jours. Personne ne tombe amoureux en quatre jours.

Vivi se tut et elles mangèrent en silence pendant au moins une minute. Aly pensait que sa sœur allait laisser tomber. Elle aurait dû être plus avisée.

— Non, pas *toi*, c'est sûr. Tu es trop intelligente pour ça.

Aly posa sa cuillère.

— Qu'est-ce que ça veut dire ?

Vivi grimaça.

— Désolée. Je ne voulais pas dire ça pour paraître... si garce. C'est juste que... ça m'est arrivé, de tomber amoureuse en quatre jours. En fait, ça ne m'a pris qu'un jour. Et on sait toutes les deux à quel point ça a été un désastre.

Ouais, ça avait été un désastre.

— Mais rien de tout ça n'était de ta faute, Viv. C'était lui le connard. Riley n'est pas un connard.

Vivi haussa les épaules en tordant la bouche.

— Peut-être pas. Mais les athlètes ont ce pouvoir spécial. Ils t'aveuglent sur tout sauf sur ce qu'ils veulent que tu voies. Ils t'attirent et te font croire que tu es la chose la plus importante au monde alors qu'en réalité, il s'agit juste de savoir à quel point ils sont importants pour toi. Ils te voient comme un reflet d'eux-mêmes. Et lorsqu'ils ne se voient pas assez dans ce reflet, ils ne sont plus intéressés.

Aly entendit tant d'amertume dans la voix de sa sœur qu'elle dut faire disparaître les larmes qui lui venaient aux yeux.

— Viv...

Bon sang, Aly ne savait pas quoi répondre à cela, elle n'était pas sûre de pouvoir dire quoi que ce soit pour que sa sœur se sente mieux.

Si Aly revoyait Jamie Dunbar, il ferait mieux de mettre ses chaussures de course, car Aly le réduirait en bouillie pour avoir fait souffrir sa sœur comme ça.

Mais bien sûr, cela n'arriverait jamais, car le gars était désormais la star de la LNF[1] de Dallas, qui la poursuivrait probablement en justice si elle osait poser un doigt sur lui. Ce qui ne veut pas dire qu'elle n'avait pas envisagé plusieurs façons de se venger.

Vivi roula les yeux et haussa les épaules, comme si cela n'avait plus d'importance.

— Au moins, le mec ne t'a pas humiliée publiquement devant son équipe quand il t'a larguée. Il marque des points pour ça.

Non, Riley ne l'avait pas larguée au premier signe de gloire.

— Il voulait que je sois là.

Vivi fronça les sourcils.

— Quoi ?

— Il m'a proposé de m'acheter des billets pour le match. Mais mercredi c'est ma journée la plus chargée. Des réunions toute la journée et j'ai une évaluation après le travail et...

— Et ? Vivi la regarda avec les sourcils levés.

— Et je n'imagine pas que lors de la plus grande soirée de sa vie il puisse vouloir être avec une fille qu'il vient de rencontrer.

Vivi resta assise et cligna des yeux pendant plusieurs longues secondes.

— Il a vraiment dit qu'il voulait que tu viennes là-bas ?

Elle acquiesça.

— Je pense qu'il était déçu quand j'ai dit que je ne pouvais pas y aller.

— Tu veux y aller ?

Oui.

— Je ne suis pas sûre.

Vivi leva à nouveau les sourcils.

— Quelle a été ta première réponse ?

Elle se mordit un peu la langue parce qu'elle voulait dire oui. Puis elle secoua la tête et remit sa cuillère dans le bol.

— Bien sûr que je veux aller au match. Mais j'ai un travail dont j'ai besoin. Je ne peux pas tout laisser tomber et aller à Philadelphie parce qu'un mec canon veut que j'aille voir son match.

Vivi fit un sourire doux-amer.

— Tu as toujours été beaucoup plus adulte que les autres. Même nos parents. Quand maman et papa se criaient dessus en se jetant des trucs à la figure et en claquant les portes, c'est toi qui allais leur parler et les faisais se calmer. Certains jours, je pense encore que tu es la seule adulte de la famille.

Aly tendit le dos.

— Ce n'est pas une mauvaise chose.

Vivi soupira.

— Non, c'est vrai. Je ne voulais pas qu'on croie que ça l'était. Je dis juste... qu'on n'est pas toujours obligé d'être l'adulte. On n'a pas toujours besoin d'être rationnel, sain d'esprit et juste. Parfois, il faut se laisser aller.

— Je l'ai fait. *Et voilà où ça m'a menée.* J'ai couché avec lui. Je n'ai même pas attendu le troisième rendez-vous. Ou jusqu'à ce que j'aie vérifié ses antécédents. Devant le visage effrayé de sa sœur, elle roula des yeux. Je plaisante. Tu crois vraiment que je suis aussi nulle ?

Vivi haussa les épaules.

— Parfois, oui, parce que c'est vrai. Et ce n'est pas toujours une mauvaise chose. Toi et moi ne pourrions pas vivre ici si tu ne l'étais pas, parce que tu es celle qui s'assure qu'on a assez d'argent pour payer les factures.

— Et ça fait de moi la fille la plus barbante de la terre.

— Oh s'il te plaît... C'était au tour de Vivi de rouler des

yeux. De toute évidence, tu ne l'es pas ou Riley ne voudrait pas de toi auprès de lui. Et... je pense que tu devrais aller au match.

— Non. Aly secoua la tête. Je lui ai déjà dit que je ne pouvais pas.

En plus, elle avait vérifié la billetterie. C'était complet et les reventes étaient bien au-delà de ses moyens.

« De toute façon, c'est mieux comme ça. Il a besoin de se concentrer et je ne veux pas le distraire. Et je ne sais même pas si je pourrais le voir après le match. Il voudra probablement sortir avec l'équipe et je ne veux pas me mettre en travers de ça. »

Vivi la regarda avec une expression déconcertante.

— Tu as tout décidé, n'est-ce pas ?

— Je dois le faire. Je suis une adulte.

— Et si tu avais tort ?

— Que veux-tu dire ?

Vivi se pencha en avant, le visage sérieux.

— Je veux dire... et si c'était le bon ?

Une boule se forma dans sa gorge et elle dut avaler avant de pouvoir parler. Alors je suppose que si ça ne marche pas, je devrai être rationnelle et passer à autre chose.

— Ou peut-être qu'il est temps de faire quelque chose juste pour toi.

— Non...

— Aly. Va à ce match.

Elle secoua la tête en souriant.

— J'aimerais que ce soit aussi simple.

— Tu es sûr que ça ne l'est pas ?

Oui, elle l'était. Parce que rien dans la vie n'était simple.

— Bon entraînement, les gars. Prenez une douche, mangez un peu et reposez-vous pour le match. New York est une équipe défensive difficile, mais j'ai confiance en notre attaque. Ça ne veut pas dire que je ne veux pas que notre défense se relâche. Je m'attends à ce que vous jouiez tous dur et intelligemment. Votre cohésion va être cruciale ce soir et nous avons perdu deux de nos tueurs habituels, donc tout le monde devra prendre le relais. À ce soir.

Lorsque l'entraîneur Angstadt eut quitté la salle, l'équipe se leva et la plupart commencèrent à partir. Quelques-uns traînèrent un peu et deux d'entre eux s'approchèrent de Riley.

— Salut, mec. On s'est pas vus depuis... quoi ? Un an ? Tendant la main à Riley, le centre Colin Williams sourit. C'est super de te voir. Félicitations !

Riley sourit en retour et lui serra la main. Le Canadien blond mesurait environ dix centimètres de moins que lui, mais il était bâti comme un bouledogue. Un corps puissant et un visage qui semblait avoir reçu quelques coups de trop, la cicatrice d'une horrible blessure au visage survenue lors d'un match des années avant était estompée mais restait visible.

— Cela fait au moins un an, dit Riley. J'ai entendu dire que le Crush de Philadelphie t'avait échangé après mon départ. Heureux de savoir que ça marche.

— Ah ouais, ça a été génial. Suki adore la région et au moins on est sur la même côte que ses parents maintenant. Avec le bébé, ça nous a bien aidés.

— J'ai entendu dire. C'est super. Félicitations.

Le sourire de Colin s'élargit encore.

— Merci. Tu veux voir sa photo ?

L'homme à côté de Colin gémit, mais il avait un sourire amusé.

— Dis-moi au moins que tu en as d'autres. Les dernières que j'ai vues datent d'au moins deux jours, dit-il.

Colin fit un doigt d'honneur à Travis Walker alors qu'il sortait son téléphone, ce qui fit braire Travis comme un âne.

Travis tendit la main à Riley.

— Bienvenue, mon pote. Il lui écrasa la main dans la sienne, mais Riley s'y attendait. C'est bon de te revoir.

— Content de te revoir aussi. Riley et le défenseur avaient été coéquipiers des années auparavant à Grand Rapids, où ils avaient joué à l'ECHL juste après que Riley ait obtenu son diplôme universitaire. Travis était un joueur très talentueux jusqu'à ce qu'il prenne un coup meurtrier dans les rambardes qui avait failli mettre fin à sa carrière. Mais il s'était bien rétabli et était devenu l'un des défenseurs les plus solides de la ligue.

Pendant quelques semaines, trois saisons plus tôt, ils avaient joué pour la même équipe de la LAH avant d'être transférés vers d'autres équipes.

Ils prirent des nouvelles l'un de l'autre pendant quelques minutes pendant que Colin passait son téléphone en revue pour trouver des photos de son adorable petite fille. Riley sourit devant les photos de Colin qui tenait un petit être humain dans ses bras à côté de son amour de jeunesse devenue sa femme.

Riley avait rencontré Suki plusieurs fois lorsqu'ils avaient fait partie de la même équipe et il l'avait bien appréciée. Elle avait ce sens de l'humour canadien qu'il avait appris à connaître en pratiquant le hockey. Et elle jurait comme un charretier. Mieux que son mari, en fait.

Ce n'est que quelques minutes plus tard que Riley vit Travis regarder par-dessus son épaule et faire une grimace.

— Hé, mec. On dirait que le gamin va avoir besoin d'un chien de garde. Il a... quoi ? Vingt et un ans, c'est ça ? Il ne faut pas qu'il s'embrouille avec les Strakas. Il a l'air un peu vert pour se frotter à eux.

En regardant par-dessus son épaule, Riley vit CJ hocher la tête à quelque chose qu'Hubert Straka lui disait. CJ n'avait pas l'air d'avoir de problèmes, mais il n'avait pas vraiment l'air à l'aise non plus.

Hubert et Christian Straka étaient des machines russes tout droit sorties de la sélection. Grands, blonds et presque identiques. Mêmes visages intimidants, même lancé-frappé redoutable. Ils étaient de grands ailiers-défenseurs et accumulaient de sérieux points chaque saison, mais ils avaient la réputation de faire la fête et avaient parfois entraîné dans leur chute certains des plus jeunes joueurs.

Riley mit les doigts dans sa bouche et siffla, attirant l'attention de CJ et des Strakas.

— Allez, mec, on s'arrache.

Le soulagement traversa le visage de CJ, mais il le cacha en tournant la tête pour regarder dans son casier, puis il attrapa son sac, fit un signe de tête aux frères Strakas avant de se ruer vers Riley.

Après avoir présenté CJ à Travis et Colin, ils sortirent tous ensemble. Alors que Colin rentrait chez lui, Travis proposa d'emmener Riley et CJ déjeuner avant qu'ils ne retournent à l'hôtel avant le match.

L'hôtesse du restaurant connaissait le nom de Travis et le sourire qu'ils échangèrent montra clairement qu'elle connaissait beaucoup plus que cela.

Riley secoua la tête. Certaines choses ne changeaient jamais. Lui et Travis avaient couché avec la moitié de la population féminine de moins de trente ans de Rapid City pendant leur séjour là-bas.

Lorsqu'ils s'assirent et commandèrent, Travis fit un signe de tête vers l'hôtesse.

— Elle a une sœur, tu sais ! Travis sourit à Riley. On pourrait revivre Wilkes-Barre, mec !

Les yeux de CJ s'arrondirent et son regard passa de Travis et

Riley, mais il se tut, enfournant du pain comme si on ne leur en donnerait plus.

Riley secoua la tête en pouffant.

— Non, mec. J'ai décidé de tourner la page avec ça.

Travis eut l'air étonné et ricana.

— Ouais, c'est ça, se moqua-t-il. Tu es trop jeune pour être attaché à la niche. Et quand tu auras fait ton trou dans l'équipe, tu voudras ta liberté. Les femmes vont te ramper dessus. Et je ne parle pas seulement des minettes de banlieue. Je parle des mannequins de Victoria's Secret et des putains de stars du porno. Tu vas penser que tu es mort et que tu es au paradis. La quantité de culs et la qualité disponible seront incroyables au début, mais tu apprendras à éliminer celles qui veulent se trouver un mari rapidement.

En fait, ça ressemblait à... l'enfer.

Il secoua la tête.

— Peut-être que c'est moi qui cherche une épouse ?

Travis cligna des yeux, comme si son cerveau essayait de traiter les données et n'y arrivait pas. Riley se mit à rire, ce qui surprit CJ qui resta la main en l'air avec un morceau de pain à mi-chemin de sa bouche.

« Continue de manger, gamin. Tu vas avoir besoin de calories pour ce soir. Et Travis, même si je reste, je pense que tu vas courir après les femmes sans moi. »

Travis entama la deuxième panière de pain et fit un sourire complice à la serveuse qui l'avait apporté. Apparemment, c'était un habitué du lieu.

— Bon sang, j'ai hâte de rencontrer la femme qui t'a mis au pas. Est-ce qu'elle vient au match ce soir ?

Riley secoua la tête. C'était un sujet délicat qu'il devait mettre de côté pour plus tard.

— Non, elle doit travailler. En plus, j'ai besoin de me concentrer sur le match.

— Tu as tout à fait raison. Essaye de ne pas trop y penser. C'est ton heure. Tu vas déchirer, mec.

Travis avait l'air si sûr de lui que Riley ne put s'empêcher de sourire en secouant la tête.

— Espérons que ce n'est pas moi qui vais être déchiré en morceaux !

— Nan, c'est ta spécialité, mec. Tu es un broyeur. Vas-y putain ! Écrase-les pour les soumettre. Et si ça ne marche pas, tu feras merveille avec ta bouche. Embrouille-leur le cerveau. New York ne saura pas ce qui les a frappés. Et si tu veux vraiment la fille, c'est la même chose. Parle-lui jusqu'à ce qu'elle cède juste pour te faire taire, Travis haussa les épaules, ou qu'elle te foute un pain dans la gueule ! Avec toi, ça peut partir dans les deux sens.

Aly jeta un coup d'œil à la pendule, le cœur battant à cent à l'heure.

Dix-huit heures cinquante. Si elle partait maintenant, elle verrait encore le début du match.

Mais quand son patron s'adressa à l'un de ses collègues pour lui parler de ses problèmes de performance, elle sut qu'elle n'y arriverait pas à temps pour la mise en jeu.

Certes, elle enregistrait le match et l'émission d'avant-match, mais elle voulait être à la maison pour voir si Riley faisait partie de la première équipe.

Elle n'avait pas eu de nouvelles de lui pendant la soirée, mais il lui avait envoyé un SMS plus tôt dans la journée. Il avait dû l'envoyer avant son départ pour la patinoire dans l'après-midi.

« On se prépare pour le match. En espérant que je n'oublie

rien. J'espère que tu pourras regarder à la télé. Tiens-moi au courant. On s'appelle. »

Depuis... rien.

Alors pourquoi te sens-tu vexée ?

Parce que tu es une connasse qui ne peut pas se donner la peine de rouler deux heures pour aller voir son premier match de LNH.

Grr.

Bon sang, même elle savait que ce n'était pas juste. Son travail était important pour elle, tout comme les gens avec qui elle travaillait. C'est pourquoi elle avait participé à cette évaluation. Parce que son travail comptait beaucoup.

Mais quand son patron mit finalement fin à la réunion après qu'ils aient réussi à résoudre au moins quelques-uns des problèmes de ses collègues, elle s'excusa et partit aussi vite que ses hauts talons le lui permettaient.

Elle était tentée d'enlever ses escarpins et de courir, mais elle se dit que ce ne serait pas son genre.

Cependant en prenant ses affaires dans son bureau, elle échangea ses escarpins contre des baskets et se mit à courir avec retenue. Enfin, elle trottina plutôt parce que sa foutue jupe était tellement serrée, mais elle quitta l'immeuble en deux minutes et fut à la maison dix minutes plus tard.

— Vivi ! Est-ce que tu as...

— Ne t'inquiète pas, répondit sa sœur du salon. Le match vient juste de commencer. Tu n'as rien manqué.

— Il est sur le banc ?

À bout de souffle après son sprint de la voiture à la maison, Aly se laissa tomber sur le canapé à côté de Vivi et commença à passer en revue les joueurs sur la glace. Avec le mouvement, elle ne pouvait pas dire qui ils étaient. Elle pouvait à peine voir leurs numéros et encore moins leurs noms sur leurs maillots.

« Tu as regardé l'émission d'avant-match ? Est-ce qu'ils l'ont mentionné ? Est-ce qu'il... »

— Je viens de rentrer à la maison moi aussi. Donc, non, je n'ai rien vu. Et j'ai déjà commandé une pizza pour qu'on n'ait pas à se soucier du dîner.

Sans quitter la télé des yeux, Aly embrassa sa sœur.

— Garde les yeux ouverts. Je sais qu'il va jouer ce soir. J'en suis sûre, c'est tout.

— Tu sais que s'il joue bien, il pourrait ne pas revenir, n'est-ce pas ?

— Je sais tout ça.

— Et tu es d'accord ?

Non, elle n'était pas d'accord. Elle ne savait simplement pas comment arranger ça. Elle n'avait pas de solution.

— Peut-être que je serais prête à trouver un moyen pour que ça marche ?

Vivi ne dit rien tout de suite et Aly regarda sur le côté, pensive.

— Pas possible ! Sa sœur sourit. C'est plutôt sympa de voir que tu veux quelque chose au point de déranger ton emploi du temps pour une fois.

Aly soutint son regard.

— Suis-je vraiment aussi psychorigide ?

Vivi fit une grimace. Puis elle hocha la tête.

— Ouais. Parfois. Tu sais que je t'aime, sœurette, mais parfois je pense que tu ne sortiras jamais de ta coquille pour avoir une vraie vie. Et que tu vas manquer tellement de choses.

« ... *Et maintenant Hatch prend le palet pour les Colonials. Le jeune homme de vingt-neuf ans fait ses débuts en LNH ce soir...* »

Le reste fut perdu dans leurs cris alors qu'elles rebondissaient sur le canapé en se prenant les mains.

Des larmes lui montèrent aux yeux alors qu'elle regardait

Riley courir sur la glace avec le palet avant de passer à un autre joueur et de se faire mettre en échec.

Pendant les deux heures suivantes, alors qu'elles regardaient le match et dînaient entre les périodes, Aly observa tous les mouvements de Riley. Elle retenait son souffle à chaque fois qu'il était sur la glace et ne respirait que lorsqu'il se dirigeait vers le banc.

Même avec sa connaissance extrêmement limitée du jeu, elle pouvait dire qu'il se débrouillait bien. Il semblait être souvent sur la glace, CJ toujours avec lui. Ils jouaient bien ensemble, et à la fin de la soirée, bien qu'aucun d'entre eux n'ait marqué, les commentateurs mentionnèrent Riley comme un bon élément ajouté à la troisième ligne.

Elle n'avait aucune idée de ce que cela signifiait, si ce n'est qu'il avait bien joué. Il avait reçu une aide[2] pour sa participation lors des buts de l'équipe, ce qui était important, car le match était serré.

Les Colonials avaient marqué à nouveau et remporté le match.

Elle et sa sœur s'étaient tapé dans les paumes, puis Vivi avait dit qu'elle allait retrouver des amis.

Et elle avait laissé Aly toute seule.

Elle prit son téléphone sans réfléchir, même si elle savait qu'il n'y avait plus moyen d'appeler ou d'envoyer un SMS.

Puis, elle resta assise là, son téléphone à la main, jusqu'à ce qu'elle aille se coucher une heure plus tard.

— Nous voulons que tu t'entraînes avec l'équipe demain et jeudi, et nous prendrons alors une décision pour vendredi. Tu as fait un beau match ce soir. Nous sommes tous satisfaits de ton jeu et nous sommes impatients de voir ce que tu peux faire d'autre. À demain.

— Merci, Coach. J'apprécie cette opportunité.

Le coach Angstadt sourit et lui tapa sur l'épaule dans son bureau. Il avait appelé Riley dès qu'il avait été douché et habillé après le match.

À cause du black-out des téléphones portables dans les vestiaires, Riley avait fait le compte à rebours des minutes avant de pouvoir appeler Aly. Et ses parents, bien sûr.

Mais d'abord, il voulait entendre sa voix. Il avait hâte d'entendre sa putain de voix.

— Continue à faire ce que tu fais et je pense que tu seras content du résultat.

Riley hocha la tête et sortit du bureau, pas surpris de voir CJ attendre dans le couloir, l'air très nerveux.

Riley lui saisit l'épaule et le secoua un peu.

— Respire, CJ. Tu as bien joué.

Cela fit sourire le gamin.

— Toi aussi, mec. OK. Tu vas m'attendre ?

— Je ne partirai pas sans toi.

Le gamin entra dans le bureau et Riley retourna aux vestiaires.

Il voulait prendre son manteau et son sac et sortir pour pouvoir appeler Aly, mais Travis le retrouva devant son casier.

— Tu es prêt à partir ? Travis le tapa dans le dos alors qu'il enfilait sa veste. Il est temps d'aller fêter ça.

— Ça roule. J'ai juste besoin de passer un coup de fil. J'ai dit à CJ que je l'attendrais aussi.

Il dut élever la voix pour être entendu au-dessus du brouhaha. L'équipe avait déjà perdu trois matchs avant ce soir et ils étaient tous excités d'avoir gagné celui-ci.

— Eh bien, dépêche-toi. On a de l'alcool à boire et des femmes à draguer.

Colin les rejoignit, donna un coup de coude à Riley et demanda :

— Qu'a dit le coach ? Tu restes ?

— Au moins jusqu'à jeudi. Je vais m'entraîner avec l'équipe, puis je suppose qu'il prendra une décision.

Riley était d'un optimisme prudent, mais il ne se faisait jamais d'illusions.

— Tu n'as pas à t'inquiéter. Travis lui donna encore une tape dans le dos. Allez. Foutons le camp d'ici.

— Bien sûr. CJ devrait être dehors dans une... attends, le voilà.

Colin regarda par-dessus son épaule.

— Vous avez été super tous les deux ce soir.

CJ souriait comme un fou alors qu'il se précipitait vers eux. Apparemment, il restait aussi. C'est bien. Le gamin avait très bien joué.

— L'entraîneur a dit que tu restais aussi. C'est génial !

En riant, Riley mit son bras autour des épaules de CJ et le poussa vers la porte.

— Ouais, c'est ça. Allez, petit. Allons fêter ça. Je dois juste passer un coup de fil avant.

Le sourire de CJ devint taquin.

— Tu vas appeler Aly ?

Riley frappa le gamin à l'arrière de la tête.

— Tu es juste jaloux. Tu vas appeler tes parents ?

— Ah oui merde. On ferait mieux de partir tout de suite.

Riley riait encore quand il trouva enfin un endroit tranquille dans le couloir pour passer son appel.

Aly répondit à la deuxième sonnerie.

— Riley ?

— Salut.

— Salut. On a vu le match. T'avais l'air en forme !

Merde, c'était bon de l'entendre.

— Merci, on s'est bien débrouillés.

— Je suis tellement contente pour toi. Tu sors fêter ça ?

— Oui avec deux ou trois gars et CJ. On va dans un bar.

Elle se tut une seconde ou peut-être en eut-il l'impression.

— Je suis trop contente pour toi, Riley. Alors ? Tu restes à Philadelphie ?

— Oui, au moins jusqu'à jeudi. Le coach a dit qu'ils décideraient ensuite de me garder ou de me renvoyer.

— Je n'ai aucun doute qu'ils vont te garder.

Eh bien, bon sang, elle n'avait pas besoin d'avoir l'air si heureuse. Ce qui était stupide rien qu'à y penser.

— Merci. Je suis content de la façon dont j'ai joué.

— Tu peux l'être.

— Si je suis encore là vendredi, tu veux venir au match ?

Une autre petite pause.

— Je... Je peux te le dire le matin même ? J'aimerais vraiment venir, mais...

— Oui, pas de problème. Je vais attendre de tes nouvelles.

— Oh, attends. Tu... oh, j'ai oublié. Tu sors...

— Ouais. Et je dois encore appeler mes parents.

Une autre pause.

— Je suis si contente que tu aies appelé, Riley. Je ne veux pas te retarder. Je... je te rappelle bientôt.

— Bien sûr. Bonne nuit.

Il raccrocha avant qu'elle puisse répondre et à la seconde où l'appel fut coupé, il voulut jeter son téléphone contre le mur.

Merde !

Ce n'était pas comme ça qu'il voulait que la conversation se passe.

Il avait l'impression d'avoir foutu un match en l'air en ayant perdu le palet en défense. Son cœur battait, il respira profondément. S'énerver n'allait pas arranger les choses. De plus, s'il restait à Philadelphie, il ne la reverrait peut-être jamais.

Ce qui serait totalement nul.

Merde.

Et il ne pouvait plus rien y faire maintenant. Maintenant, il était temps de célébrer le fait qu'il avait enfin atteint son but.

Demain, il devait s'assurer de conserver sa place dans cette équipe.

Et peut-être commencer à se remettre de ce satané béguin qu'il avait pour une fille qui, de toute évidence, ne se souciait pas assez de lui.

— Tu as une mine affreuse.

Aly jeta un regard meurtrier à sa sœur en se dirigeant vers la cafetière.

— Super, merci. Et qu'est-ce que tu fais debout si tôt, d'abord ?

Vivi haussa les épaules.

— Je ne me suis pas encore couchée, en fait. Et je voulais savoir s'il avait appelé hier soir.

Aly se versa du café et ne répondit pas avant d'avoir pris sa première gorgée.

— Oui, il a appelé.

Et elle s'était comportée comme une idiote.

— C'est tout ? Il a appelé. Vivi soupira. Qu'est-ce qu'il a dit ?

— Qu'il resterait à Philadelphie au moins jusqu'à vendredi.

— Ah.

Ouais, ah. Ça résumait bien ses sentiments ce matin.

Elle s'était dit hier soir qu'elle était heureuse pour lui. Et elle l'était. Elle l'était vraiment. Mais elle était aussi pragmatique et elle savait que s'il restait avec les Colonials, leur relation était condamnée.

Quelle relation ? Vous avez passé deux nuits ensemble. À quoi t'attendais-tu ? À une demande en mariage ?

Bien sûr que non.

« Aly ? Tu réfléchis trop. J'ai mal à la tête rien qu'en te regardant. »

— Tu as raison. C'est trop tôt pour ça.

Vivi inclina la tête pour la regarder.

— Pourquoi ai-je l'impression qu'on ne parle pas de la même chose ?

Parce que c'était bien le cas et que sa sœur n'était pas une imbécile.

— Il faut que je rompe. Que je lui dise que c'était bien tant que ça a duré et ensuite que je coupe les ponts.

— Mmh, mmh.

Aly jeta un autre regard noir à sa sœur.

— Et qu'est-ce que ça veut dire ça ?

— Ça ne veut rien dire. Vivi haussa les épaules, énervant encore plus Aly. Je pense que tu as totalement raison.

Bien sûr qu'elle avait raison.

Alors pourquoi est-ce si difficile de respirer ?

— Ça n'aurait jamais marché, de toute façon. Aly prit une autre gorgée de café et regarda sa sœur hocher la tête.

— Mmh, mmh.

— J'ai juste besoin d'oublier ça.

Sa sœur hocha la tête d'un air entendu.

— Yep.

— Tu te moques complètement de moi, hein ?

Vivi haussa les épaules, mais ses lèvres tressaillirent.

— Peut-être un peu. Puis elle roula les yeux. Bon sang, Aly. Un aveugle pourrait voir à quel point tu aimes ce mec. OK tu ne pourras pas lui sauter dessus tous les soirs. Mais s'il t'aime autant qu'il en a l'air, il ne fera pas le con et il ne te trompera pas. Il t'attendra et tu pourras lui envoyer des SMS dégoulinants de sucre tous les jours, et quand il sera en voyage, tu pourras lui envoyer des photos de tes seins.

Sur le point d'ouvrir la bouche et de protester, elle la garda fermée quand Vivi se mit à rire.

— Bon, OK, peut-être pas de photos de nichons. Mais, Aly… vis un peu ! La vie ne se passe pas seulement dans cette petite bulle de notre maison et de l'hôpital. Même maman et papa l'ont compris. Et maintenant, je vais me coucher. J'ai épuisé toute ma puissance cérébrale et j'ai besoin de recharger mes batteries.

Vivi sortit de la cuisine, un sourire ironique aux lèvres.

Et Aly sirota son café, se demandant comment rompre l'habitude de deux décennies d'être une rabat-joie.

— Hatch, entre et ferme la porte. Prends un siège.

On était jeudi matin. Le visage impassible, Riley suivit les ordres du coach et se glissa sur la chaise devant le bureau. Toujours en colère contre lui-même pour cet entraînement de merde du matin, il se dit qu'il allait retourner à Reading chez les Redtails.

Les gars seraient probablement heureux de le revoir. Au moins, il avait hâte de les retrouver.

— Dure matinée. Tu as eu du mal à toucher le filet et à faire des passes.

— Oui, monsieur. Il serra la mâchoire pour ne pas faire des excuses. Il n'en avait pas. Il était nul. Peut-être que c'était de l'autosabotage. Peut-être que ce n'était rien de plus qu'une mauvaise matinée. Il ne savait qu'une chose. Il…

— Eh bien, j'espère que tu joueras mieux ce soir. L'entraîneur sourit. On vous ajoute, toi et CJ, à la troisième ligne. On aime bien ce que vous apportez à l'équipe. Votre cran, votre détermination et la vitesse, combinés à votre capacité à travailler ensemble, sont exactement ce dont nous avons besoin en ce moment.

L'entraîneur n'en dit pas plus et Riley entendit tout et acquiesça, mais la moitié de son cerveau faisait des sauts périlleux de victoire.

Il avait réussi. Il avait réussi, putain !

— Va manger, repose-toi et reviens ici pour jouer ce soir. Et fais entrer CJ s'il est là.

Alors que l'entraîneur se levait, il tendit la main. Riley se leva et la serra, le visage douloureux à force de sourire.

— Oui, monsieur. Et merci.

Il sortit dans le couloir, toujours souriant, et aperçut CJ, qui l'attendait affalé contre le mur. Le gamin s'écarta du mur, les yeux écarquillés comme un cerf dans les phares.

Riley fit un signe de tête vers le bureau de l'entraîneur.

— C'est à toi. Il attrapa l'épaule de CJ. Respire. Sérieux, essaie de ne pas t'évanouir !

— Qu'est-ce qu'il a dit ?

— On parlera quand tu sortiras, d'accord ? Je t'attends.

CJ avait l'air ridiculement soulagé.

— D'accord, oui. Ça me va.

Puis il disparut derrière la porte et Riley recommença à sourire. Il fallait qu'il appelle ses parents. Son père avait parlé de prendre l'avion pour voir un match. Il ne pensait pas qu'ils pourraient entrer ce soir, mais ils avaient un autre match samedi soir et un encore mardi. Peut-être qu'ils pourraient venir pour l'un d'entre eux.

Et Aly ?

Devait-il appeler ? Envoyer un SMS ? Bon sang, est-ce qu'elle voulait au moins avoir de ses nouvelles ? Ou l'avait-elle déjà exclu ? Ils avaient échangé quelques textos ces deux derniers jours, mais il était occupé et il ne s'était pas étendu.

Merde, peut-être qu'il avait besoin de se rendre à l'évidence ? Elle ne l'aimait pas tant que ça. Peut-être qu'elle ne l'a jamais fait ? Ou peut-être qu'elle le voulait seulement quand ça l'arrangeait ?

Dans tous les cas, elle lui faisait perdre la tête, et il n'avait pas besoin de ça en ce moment.

Alors il sortit son téléphone et appela ses parents.

En essayant de ne pas penser à une certaine blonde.

CHAPITRE HUIT

Le vendredi après-midi, Aly réfléchissait, les dents plantées dans sa lèvre supérieure, les pouces en l'air au-dessus des touches de son téléphone.

Le SMS de Bliss la tentait comme la promesse d'une Margarita bien fort au *Third and Spruce* après le travail.

Viens chez nous ce soir pour regarder le match des Colonials. Lori et Cary seront là, ainsi que quelques autres gars de l'équipe. On a hâte de revoir Riley et CJ ! !!

Elle voulait tellement y aller. C'était comme une douleur qui la rongeait.

Elle avait passé la majeure partie de l'après-midi à se morfondre, pensant qu'elle serait chez elle à regarder le match toute seule ce soir parce que Vivi devait travailler.

La journée précédente, elle avait pensé à contacter Bliss, mais s'en était dissuadée. Les Redtails avaient probablement un match ou s'ils n'en avaient pas, pourquoi auraient-ils même pensé à l'inviter à regarder avec eux ? Elle ne connaissait vraiment personne dans l'équipe.

Mais Bliss ne l'avait pas oubliée. Et elle voulait y aller.

Mais... Riley n'avait pas appelé ou envoyé de message.

Pas depuis la veille. Et même si elle avait pris son téléphone un millier de fois pour le contacter, elle ne l'avait pas fait. Elle ne savait pas quoi dire.

Ce n'était pas vrai en fait. Elle savait exactement ce qu'elle aurait dû dire.

"Tu me manques. Je suis si contente pour toi. J'ai hâte de te voir."

Mais elle savait aussi que c'était la plus grande étape de sa carrière et elle voulait qu'il réussisse, donc elle ne voulait pas le distraire.

Si tant est que tu sois une distraction...

Peut-être qu'il était passé à autre chose ? Peut-être qu'il avait passé les deux dernières nuits à draguer des filles ?

Mais elle savait que ce n'était pas vrai non plus. Elle savait qu'il n'y avait aucune raison que Riley gâche cette chance.

Et puis merde.

J'aimerais bien ! Merci de m'inviter. Qu'est-ce que je peux apporter ?

Elle regarda la pendule et soupira quand elle réalisa qu'il lui restait deux heures avant de pouvoir partir. Et deux autres avant le début du match.

Merde, c'était tellement nul.

À peu près aussi nul que de s'être réveillée ce matin en souhaitant qu'il soit allongé à côté d'elle, avec son sourire. Celui qu'elle avait vu le lundi matin. Celui qui lui donnait des frissons. Et celui qui donnait généralement envie aux joueurs adverses de le frapper.

Mon Dieu, elle était tellement idiote. Elle voulait Riley à n'importe quel prix.

Et tu l'as probablement perdu pour de bon.

Non. Non... pas question.

Elle trouverait quelque chose, même si elle devait aller à

Philadelphie et taper sur la vitre au prochain match à domicile pour attirer son attention.

Mais pour ça, elle allait avoir besoin d'aide.

Heureusement qu'elle connaissait quelques gars qui sauraient exactement quoi faire.

— Riley, mon ami. Comment vas-tu ?

— Jake ! Riley sourit, retrouvant immédiatement sa bonne humeur quand il entendit cette voix. Salut, mec. Comment ça va ?

— C'est une question à laquelle je répondrai plus tard. Tu avais l'air en forme hier soir. Toi et CJ. Ce soir, vous serez encore meilleur.

Le match de la veille avait été un combat acharné pendant soixante longues minutes. Les Colonials avaient été au top toute la soirée jusqu'aux dernières minutes, quand les Hawks avaient marqué deux fois, remportant le match.

— Merci, mec. Alors tu as regardé ?

— Oui, la plupart de l'équipe était chez Shane hier soir pour regarder. Et d'autres personnes aussi, pas de l'équipe.

S'il avait été un chien, les oreilles de Riley se seraient dressées.

— Ah oui ? Comme qui ?

— Comme Allison. Très jolie. Je ne vois pas ce qu'elle te trouve, mais sinon elle a l'air d'être une fille intelligente.

Assis dans sa voiture dans le parking souterrain de la patinoire, Riley secoua la tête, ignorant la douleur aiguë dans sa poitrine quand Jake mentionna son nom. Il était arrivé tôt pour le match du soir, mais une fois entré dans la patinoire, il devrait éteindre son téléphone. L'équipe interdisait l'utilisation du téléphone portable dès que les gars arrivaient à la patinoire avant un match, et ce, jusqu'à ce qu'ils soient sur le chemin du retour.

— Et va te faire foutre deux fois, mon ami russe. Tu n'as pas un match ce soir pour lequel tu dois te préparer ?

Jake éclata de rire.

— C'est tout ce que tu as à me dire ? Je suis déçu. Qu'est-il arrivé à mon Poussin ? Il semble que ta nouvelle équipe pourrait avoir besoin d'un gars comme toi ce soir. Pour attiser le feu. Et tes compétences en géographie restent tristement insuffisantes. OK, je voulais juste t'appeler pour t'embêter un peu. Et te dire bonne chance pour ce soir.

Quand Jake eut terminé, Riley sourit.

— Merci Jake. Je suis content que tu m'aimes.

— J'ai beaucoup d'amour à offrir aujourd'hui, donc pas de problème. Souviens-toi juste des petites personnes que tu as côtoyées, oui ? On se parle bientôt.

Riley hocha la tête en sachant que Jake ne pouvait pas le voir.

— Reste en contact, mec. Sérieux.

— Toi aussi. Et colle-leur-en une ce soir, Hatch.

Jake ne dit pas au revoir. Il raccrocha simplement, laissant Riley, une question brûlante sur les lèvres.

Pourquoi Aly avait-elle regardé le match avec son équipe ?

Seulement parce qu'elle et Bliss étaient devenues amies ? Ou avait-il raison de penser que peut-être...

Merde. Il secoua la tête. Ce n'était pas le moment de penser à ça. Il ne voulait pas que ça lui monte à la tête avant le match. Le dernier avait été nul, être en tête pendant tout le match et le perdre dans les dernières secondes... L'entraîneur n'avait pas été content et certains des gars, dont Riley, étaient sortis boire pour noyer leur chagrin.

Ce n'est probablement pas quelque chose qu'il referait. Il y était allé uniquement parce qu'il n'avait rien d'autre à faire. Il n'y avait personne à la maison, personne qu'il voulait appeler pour parler.

Pas d'Aly.

Mais elle était chez Shane la nuit dernière.

Et alors ? Cela prouve seulement qu'elle aimait bien Bliss.

Elle n'avait ni appelé ni envoyé de SMS de la journée.

Tu as ta réponse, ducon.

Il était temps de passer à autre chose.

Il sortit de la voiture et se dirigea vers la patinoire.

— Alors ? Tu es prête ?

Aly leva les yeux au ciel en soupirant.

— Je ne sais pas. Peut-être que ce n'est pas une si bonne idée, Viv. Et s'il ne veut pas me voir ? Et s'il sort déjà avec quelqu'un d'autre ? Et s'il se fiche que je sois là ? Je ne veux pas le mettre mal à l'aise. C'est son travail.

— Il ressentirait la même chose que toi s'il se présentait à ton travail avec une pancarte pour déclarer sa flamme. Tu fondrais en une petite flaque gluante et tu lui promettrais des faveurs sexuelles quand vous seriez seuls.

Assise à sa place dans la zone d'attaque des Colonials, Aly fit une grimace à sa sœur et sortit de son sac à main la petite pancarte qu'elle avait faite dans un moment de pure stupidité.

Cela semblait être une bonne idée hier soir, après quelques bières et une discussion débridée avec les amis de Riley, qui avaient été très motivés pour l'aider à trouver quoi écrire sur la pancarte.

Mais maintenant qu'elle était là, le bon sens s'imposait. Ou peut-être était-ce la peur ?

Peut-être qu'il ne se souviendrait pas de la signification de la pancarte ?

— Oh, je connais cette tête. Ne te dégonfle pas maintenant, Aly. Allez, on a bravé l'autoroute Schuylkill. Ne laisse pas un peu d'anxiété se mettre en travers de ton chemin.

Oui, la Schuylkill avait été épouvantable aujourd'hui. Elles avaient doublé deux accidents, avaient traîné à huit km/h pendant de longs moments et s'étaient perdues deux fois en centre-ville en allant à la patinoire.

Et elle était là, à attendre de voir Riley avec son nouveau maillot, pendant l'échauffement d'avant-match. Elle essayait de trouver le courage de passer de l'autre côté de la patinoire, de descendre les escaliers jusqu'aux parois en verre et d'attendre que Riley la remarque en se tenant là avec son petit panneau qui n'était destiné qu'à lui.

Pourrait-elle le faire ?

Oui, elle le pouvait.

Elle regarda l'horloge. Seulement trois minutes avant que les équipes n'arrivent sur la glace pour l'échauffement.

Elle se leva et prit une profonde inspiration.

— Si ça ne marche pas, on part. Immédiatement.

Vivi sourit et s'installa plus confortablement dans son siège.

— Tu oublies que je viens de me taper plus de deux heures de route. De toute façon je pense que je vais rentrer seule ce soir.

Aly ne pouvait qu'espérer.

— OK, les gars. Échauffez-vous, faites des étirements et préparez-vous à jouer.

L'entraîneur adjoint, Domenic Mann, donna une tape dans le dos à chaque homme alors qu'ils traversaient la salle pour s'échauffer et Riley hocha la tête avant de partir vers la glace.

La musique n'était rien d'autre qu'un rythme lancinant à ses oreilles, le bruit de la foule n'étant guère pris en considération à ce stade. Il devenait plus fort au début du match, mais il avait appris à mettre cela de côté et à se concentrer sur le jeu.

Ce soir, ce n'était que du bruit.

Tout comme les gens réunis autour de la patinoire, qui frappaient des pieds et les acclamaient. Aucun d'entre eux n'était là pour lui. Personne ne le connaissait encore ici. Il espérait que cela changerait bientôt. Mais pour l'instant, l'anonymat lui convenait.

Lorsque lui et les autres gars lancèrent les derniers palets sur la glace avant que le buzzer ne retentisse CJ vint patiner à côté de lui.

— Euh, Riley.

— Ouais, qu'est-ce qu'il y a ?

— Euh...

— Eh mec ! Travis arriva aussi à ses côtés. Il y a une fille ici avec ton maillot. Je ne sais pas comment tu as déjà fait pour avoir une fan, mais si tu la lâches, celle-là, dis-le- moi. J'ai un faible pour les blondes.

Riley faillit trébucher quand il releva la tête.

— Sérieux ? Où ça ?

Travis fit un signe de tête vers les tribunes riant.

— Dans le coin à droite. Elle est quelques rangs plus haut et elle a l'air bien trop civilisée pour toi. C'est d'un gars comme moi qu'elle a besoin !

Il tourna la tête dans la direction indiquée par Travis et il inspira profondément.

Bon sang, comment avait-il pu la rater ?

Aly se tenait parfaitement immobile, à cinq rangées de la glace. Elle portait un sweat-shirt des Colonials et bon sang, Travis avait raison. Elle portait son numéro. Il pouvait juste distinguer le sept sur son bras quand elle leva la main pour lui faire signe. Son air méfiant le fit sourire.

Il était si heureux de la voir, putain, que son cœur semblait littéralement prêt à sortir de sa poitrine.

Elle était là. Putain, elle était vraiment là !

Toutes les conneries qu'il s'était racontées sur le fait qu'il l'avait oubliée et que ça n'avait pas d'importance si elle ne l'aimait pas... Ouais, tout ça c'était de la merde. Il le savait maintenant.

La seule chose qui comptait, c'était qu'elle était là. Elle avait fait ce grand premier pas et elle était venue.

Il n'allait pas la laisser en plan.

Il traversa la patinoire, ignorant les sifflets des quelques gars encore là, il posa la main sur le verre et attendit.

Les fans de l'autre côté lui tapèrent dans les paumes, mais comprirent vite qu'il ne les regardait pas.

Il n'avait d'yeux que pour Aly.

Il la regarda descendre les escaliers, essayant de se frayer un chemin dans la mer de fans vêtus de bleu et de blanc jusqu'à la vitre, où l'ouvreur, un gars avec un sourire à la con, lui fit une place.

Elle ne dit rien. Il n'était pas sûr de pouvoir l'entendre de toute façon. Mais le sourire sur son visage était tout ce qu'il avait besoin de voir.

Et puis elle baissa les yeux et sortit quelque chose de son sac à main.

Un morceau de papier qu'elle tenait sur le verre à côté de sa main.

Elle n'avait écrit que trois mots en lettres majuscules parfaites.

S'il te plaît.

Puis elle posa sa main sur la vitre pour la coller à la sienne et il sourit jusqu'à ce que son visage lui fasse mal.

— Reste.

Il n'était pas sûr qu'elle l'ait entendu, mais elle hocha la tête et son sourire s'élargit.

Et Riley savait que, peu importe, comment le match se terminerait, il avait déjà gagné.

Les gars étaient gonflés à bloc après la victoire de ce soir et le vestiaire ressemblait à un dortoir de campus lors d'un week-end d'intégration.

— Alors, Riley. Je suppose que tu ne viens pas fêter ça ce soir, hein ?

Ignorer les tentatives sournoises de Travis pour en savoir plus était facile, vu que Riley avait un endroit infiniment plus intéressant où être ce soir.

Il avait réussi à rester concentrer sur le jeu, mais à la seconde où la dernière sonnerie avait retenti, il avait commencé à sourire. Et pas parce que son équipe avait gagné. Pas seulement.

— Bon sang, je ne sortirais pas avec vous ce soir si une fille comme ça m'attendait, répondit Colin. Merde, Riley, comment tu l'as chopée celle-là, d'ailleurs ? Sérieux, mec, elle a l'air bien trop intelligente pour toi.

Riley ne prit pas la peine de lever les yeux, il enfila son pantalon puis sa chemise. Il était en mission et n'était pas prêt à se laisser décourager. Mais il réussit à faire un doigt d'honneur à Colin et Travis par-dessus son épaule.

Alors qu'ils riaient tous les deux, Riley roula sa cravate en boule et la fourra dans la poche de sa veste. Il ne voulait pas prendre le temps de la nouer. L'entraîneur avait déjà fait son discours d'après-match, ce qui signifiait que Riley était libre de partir dès qu'il serait prêt.

Et il était à tout à fait prêt à partir maintenant... quand il se souvint qu'il était arrivé avec CJ, parce qu'il partageait une chambre d'hôtel avec lui.

Merde.

Il s'arrêta, complètement bloqué.

— Euh, Riley ? Assis à côté de lui sur le banc, CJ leva les yeux, en fronçant les sourcils. Ça va ?

— Oui, mais j'ai besoin que tu trouves un endroit où dormir ce soir. Je me ferai pardonner, je te jure...

Le rire de CJ lui coupa la chique.

— Je ne suis pas idiot, mec. Dès que j'ai vu Aly au match, j'ai cherché une solution. Je vais dormir chez Malone ce soir. Il a un lit supplémentaire puisqu'O'Neill est toujours à l'hôpital...

Riley saisit CJ par la nuque et se pencha en avant pour lui embrasser la tête.

— Je t'aime, petit.

CJ le repoussa en riant.

— Ouais, ouais. Tu me dois bien ça, Rye. Ne fais pas tout foirer.

— C'est pas prévu.

Quelques secondes plus tard, Riley sortait des vestiaires et entrait dans le hall. Son téléphone vibra et il poussa un soupir de soulagement en voyant un texto d'Aly.

Je ne sais pas où je dois te retrouver, alors j'attends dehors jusqu'à ce que j'aie de tes nouvelles. S'il y a un changement, je rentrerai chez moi avec Vivi et tu pourras m'envoyer un texto.

Rien n'allait le faire changer d'avis c'était sûr. Elle avait fait un pas vers lui et il allait s'assurer que la seule façon de continuer était d'avancer ensemble.

J'ai fini. Où es-tu ?

Déjà sorti du bâtiment, Riley s'arrêta et regarda autour de lui. Il y avait encore une foule de fans qui tournaient autour, attendant que le coup de feu se calme à la station de métro. Il ne pensait pas être reconnu. Il portait un bonnet qui cachait ses cheveux, mais avait oublié de tenir compte du costume officiel, impossible à ignorer.

— Riley ! Tu veux bien me signer un autographe ?

Une petite fille avec des nattes et un sweat-shirt des Colonials lui demanda de signer sa crosse souvenir, avec un sourire adorable. Bien sûr, il dit oui. Cinq secondes plus tard, il y avait une foule de gens autour de lui.

Et il eut le vague souvenir d'une conversation avec la responsable des relations publiques de l'équipe où elle lui disait d'être toujours poli et de ne pas trop ouvrir sa bouche.

Ce qui était pour lui une quasi-impossibilité.

Il parla à tous ceux qui lui mettaient quelque chose entre les mains. Il s'agissait surtout de jeunes qui voulaient qu'il signe leurs sweats ou leurs programmes. Il l'avait déjà fait des milliers de fois, mais jamais sur un maillot de LNH.

Il avait mal à force de sourire en signant. Il avait souri, parlé et fait des selfies et, lorsqu'il leva les yeux après que la dernière personne se soit éloignée, il vit Aly, lui souriant depuis l'un des bancs qui bordaient la promenade jusqu'à l'entrée.

Elle avait les mains fourrées dans les poches de son manteau et avait l'air d'avoir froid. Lorsqu'elle vit qu'il l'avait remarquée, elle se dirigea vers lui. Il réfléchit en essayant de trouver le truc parfait à dire.

Elle avait l'air de faire la même chose, le sourire un peu tendu, comme si elle n'avait pas la moindre idée de ce qu'il allait dire.

Quand elle se posta devant lui, il réalisa qu'il n'avait pas besoin de dire quoi que ce soit. Il l'enlaça, pressa ses lèvres contre les siennes et l'embrassa comme un homme assoiffé qui avait enfin trouvé de l'eau après trois jours dans le désert.

Les lèvres d'Aly se firent douces sous les siennes et ses bras firent le tour de sa taille pour le tenir presque aussi serré qu'il la tenait. Il se perdit dans l'odeur de sa peau. Même les sifflets des agents de sécurité et des quelques fans qui s'attardaient ne lui donnaient pas envie de s'arrêter.

S'il avait pu continuer à l'embrasser tout en se rendant à sa chambre d'hôtel, il l'aurait fait.

Il ne sut pas combien de temps ils restèrent là, à s'embrasser comme s'ils ne s'étaient pas vus depuis des semaines. Il ne pouvait pas se passer d'elle, il ne s'en lasserait probablement jamais. C'était exactement ce qu'il voulait faire tous les soirs à la maison.

Mais quand Aly s'écarta, il la laissa partir. À contrecœur. Et pas loin. Il garda les bras autour de ses épaules et son corps contre le sien.

— Bon Dieu, tu m'as manqué. Il parla avant qu'elle ne puisse dire quoi que ce soit et aurait probablement dû prendre le temps de penser à quelque chose de mieux. Mais la vérité, c'est qu'il pensait chaque mot. Je ne veux pas que tu me manques encore. Je veux que tu sois la première personne que je vois quand je reviens de voyage. Je veux être la première personne à qui tu veux parler le matin et la dernière personne à qui tu veux parler avant de t'endormir. Et je veux être en toi aussi souvent que possible. À partir de la prochaine demi-heure.

En riant, elle glissa une main sous son bonnet, dans ses cheveux encore humides, et l'attira vers le bas pour un autre baiser qui mit son corps en ébullition. Certains endroits plus que d'autres.

— Tu m'as manqué aussi, Riley.

Il banda encore plus qu'il ne le faisait déjà. Marcher jusqu'à la voiture serait amusant.

— Tu n'as pas idée à quel point je suis heureux d'entendre ça.

Son sourire se fit plus tendre.

— Je ne sais pas comment on va gérer la distance, mais...

Elle pressa deux doigts sur ses lèvres et dit :

— Je veux que ça marche. Je vais faire de mon mieux pour que ça marche. Je préfère t'avoir un peu que pas du tout.

Son cœur lui fit presque mal à l'entendre.

— Et je m'arrangerai pour t'avoir de tous les moyens possibles. De toutes les manières. Il agita les sourcils en l'air. Même certaines qu'on n'a pas encore essayées.

Elle rit à nouveau et posa ses mains sur ses épaules, le fixant du regard et lui faisant souhaiter d'être seuls au plus vite.

— Alors, emmène-moi à ton hôtel et laisse-moi te faire des trucs coquins.

— Tu peux me faire tout ce que tu veux, mon amour. Tant que je peux te rendre la pareille. Je me donnerai pour mission de te donner du plaisir d'une façon que tu n'as jamais imaginée.

Elle frotta son nez froid contre le sien.

— Je pense que c'est moi qui te devrai des faveurs. Et j'en aimerai chaque minute.

Son sourire s'élargit encore.

— Alors, laisse-moi te montrer certains de mes talents ma chérie.

— Je suis toute à toi, Riley.

Il enroula son bras autour de ses épaules et l'entraîna vers le parking.

— Absolument, ma chérie. Absolument.

Attendez ! D'autres histoires des Redtails à paraître :

Le Mur de Brique

L'Homme Fort

SANS TITRE

Stephanie Julian a été journaliste pour un quotidien, journaliste indépendante et critique de cinéma, de théâtre et de musique, mais ce qu'elle aime le plus, c'est décrire la passion avec du cœur. Elle est mariée à un fan de Springsteen et est mère de deux garçons.

Stephanie aime avoir des nouvelles de ses lecteurs. Vous pouvez prendre contact avec elle en ligne :

www.stephaniejulian.com
Facebook
Twitter
Pinterest

Email :
stephaniejulian@msn.com

MERCI D'AVOIR LU CE LIVRE !

Si vous avez apprécié ce livre, veuillez laisser un commentaire.
Cela aidera les autres à le trouver.

NOTES

Chapitre un

1. Le **footbag** (ou **hacky sack**) est une petite balle en cuir ou en fibre synthétique d'environ 8 cm de diamètre. Un footbag est rempli de billes de polyéthylène ou de sable. On y joue avec le pied.

Chapitre deux

1. Le fan art désigne en anglais toute œuvre réalisée par un fan et s'inspirant d'un ou de plusieurs personnages, d'une scène, ou de l'univers, d'une œuvre existante.
2. Voir « Le mur de brique, tome un de la série Redtails Hockey »
3. Ligue Nationale de Hockey

Chapitre cinq

1. You look like the cat that ate the canary: on dirait un chat qui a mangé un canari est l'expression correcte.
2. Le **plus-moins** ou **+/-**, aussi appelé **différentiel plus-moins**, est une statistique de hockey sur glace mesurant la différence de but lorsqu'un joueur en particulier est sur la glace.

Chapitre sept

1. Ligue Nationale de Football Américain
2. Au hockey sur glace, lorsqu'une équipe inscrit un but, une **aide** (aussi appelée assistance ou passe) est attribuée aux deux joueurs précédents qui ont touché (ou dévié) le palet vers le buteur.

LE BROYEUR

STEPHANIE JULIAN ·

Traduction française ISABELLE WÜRTH
Titre original : The Grinder

Pour en savoir plus, rejoignez Stephanie dans son Salon privé des lecteurs sur Facebook.

Et ne manquez pas les autres histoires de la série *Redtails Hockey* dès leur parution en français.

Publié par Stephanie Julian

Copyright 2016. Stephanie Julian.

Tous les personnages de ce livre sont fictifs et proviennent de l'imagination de l'auteure.

 Réalisé avec Vellum

www.ingramcontent.com/pod-product-compliance
Lightning Source LLC
Chambersburg PA
CBHW070950180726
48291CB00004B/1232